SIEGFRIED LENZ
Die Flut ist pünktlich
Meistererzählungen

Zusammengestellt
von Günter Berg

Hoffmann und Campe

3. Auflage 2014
Copyright © 2010 by Hoffmann und Campe Verlag, Hamburg
www.hoca.de
Einbandgestaltung: Katja Maasböl, Hamburg
Einbandfoto: plainpicture/Anna Matzen
Satz: pagina GmbH, Tübingen
Gesetzt aus der Weiss
Druck und Bindung: Kösel, Krugzell
Printed in Germany
ISBN 978-3-455-40488-3

Ein Unternehmen der
GANSKE VERLAGSGRUPPE

Inhalt

Die Flut ist pünktlich	7
Die Lampen der Eskimos	17
Der Amüsierdoktor	29
Das Gelächter des Kukkaburra	40
Herr und Frau S. in Erwartung ihrer Gäste	51
Meine Straße	80
Atemübung	100
Nachwort	124
Nachweise	127
Zum Autor	128

DIE FLUT IST PÜNKTLICH

Zuerst sah er ihren Mann. Er sah ihn allein heraustreten aus dem flachen, schilfgedeckten Haus hinter dem Deich, den Riesen mit dem traurigen Gesicht, der wieder seine hohen Wasserstiefel trug und die schwere Joppe mit dem Pelzkragen. Er beobachtete vom Fenster aus, wie ihr Mann den Pelzkragen hochschlug, gebeugt hinaufstieg auf den Deich und oben im Wind stehenblieb und über das leere und ruhige Watt blickte, bis zum Horizont, wo die Hallig lag, ein schwacher Hügel hinter der schweigenden Einöde des Watts. Und während er noch hinüberblickte zur Hallig, stieg er den Deich hinab zur andern Seite, verschwand einen Augenblick hinter der grünen Böschung und tauchte wieder unten neben der tangbewachsenen eisernen Spundwand auf, die sie weit hinausgebaut und mit einem Steinhaufen an der Spitze gesichert hatten. Der Mann ging in die Hocke, rutschte das schräge Steinufer hinab und landete auf dem weichen, grauen Wattboden, der geriffelt war von zurückweichendem Wasser, durchzogen von den scharfen Spuren der Schlickwürmer;

und jetzt schritt er über den weichen Wattboden, über das Land, das dem Meer gehörte; schritt an einem unbewegten Priel entlang, einem schwarzen Wasserarm, der wie zur Erinnerung für die Flut dalag, nach sechs Stunden wieder zurückzukehren und ihn aufzunehmen mit steigender Strömung. Er schritt durch den Geruch von Tang und Fäulnis, hinter Seevögeln her, die knapp zu den Prielen abwinkelten und suchend und schnell pickend voraustrippelten; immer weiter entfernte er sich vom Ufer, in Richtung auf die Hallig unter dem Horizont, wurde kleiner, wie an jedem Tag, wenn er seinen Wattgang zur Hallig machte, allein, ohne seine Frau. Zuletzt war er nur noch ein wandernder Punkt in der dunklen Ebene des Watts, unter dem großen und grauen Himmel hier oben: er hatte Zeit bis zur Flut ...

Und jetzt sah er von seinem Fenster aus die Frau. Sie trug einen langen Schal und Schuhe mit hohen Absätzen; sie kam unter dem Deich auf das Haus zu, in dem er wartete, und sie winkte zu seinem Fenster hinauf. Dann hörte er sie auf der Treppe, hörte, wie sie die Tür öffnete, zögernd von hinten näher kam, und jetzt wandte er sich um und sah sie an.

»Tom«, sagte sie, »oh, Tom«, und sie versuchte dabei zu lächeln und ging mit erhobenen Armen auf ihn zu.

»Warum hast du ihn nicht begleitet?« fragte er.

Sie ließ die Arme sinken und schwieg, und er fragte wieder: »Warum bist du mit deinem Mann nicht rübergegangen zur Hallig? Du wolltest einmal mit ihm rübergehen. Du hattest es mir versprochen.«

»Ich konnte nicht«, sagte sie. »Ich habe es versucht, aber ich konnte es nicht.«

Er blickte zu dem Punkt in der Verlorenheit des Watts, die Hände am Fensterkreuz, die Knie gegen die Mauer gedrückt, und er spürte den Wind am Fenster vorbeiziehen und wartete. Er merkte, wie die Frau sich hinter ihm in den alten Korbstuhl setzte, es knisterte leicht, ruckte und knisterte, dann war sie still, nicht einmal ihr Atem war zu hören.

Plötzlich drehte er sich um, blieb am Fenster stehen und beobachtete sie; starrte auf das braune Haar, das vom Wind versträhnt war, auf das müde Gesicht und die in ruhiger Verachtung herabgezogenen Lippen, und er sah auf ihren Nacken und die Arme hinunter bis zu ihrer schwarzen, kleinen Handtasche, die sie gegen ein Bein des alten Korbstuhls gelehnt hatte.

»Warum hast du ihn nicht begleitet?« fragte er.

»Es ist zu spät«, sagte sie. »Ich kann nicht mehr mit ihm zusammensein. Ich kann nicht allein sein mit ihm.«

»Aber du bist mit ihm hier raufgekommen«, sagte er.

»Ja«, sagte sie. »Ich bin mit ihm auf die Insel gekommen, weil er glaubte, es ließe sich hier alles vergessen. Aber hier ist es noch weniger zu vergessen als zu Hause. Hier ist es noch schlimmer.«

»Hast du ihm gesagt, wohin du gehst, wenn er fort ist?«

»Ich brauche es ihm nicht zu sagen, Tom. Er kann zufrieden sein, daß ich überhaupt mitgefahren bin. Quäl mich nicht.«

»Ich will dich nicht quälen«, sagte er, »aber es wäre gut gewesen, wenn du ihn heute begleitet hättest. Ich habe ihm nachgesehen, wie er hinausging, ich stand die ganze Zeit am Fenster und beobachtete ihn draußen im Watt. Ich glaube, er tat mir leid.«

»Ich weiß, daß er dir leid tut«, sagte sie, »darum mußte ich dir auch versprechen, ihn heute zu begleiten. Ich wollte es deinetwegen tun; aber ich konnte es nicht. Ich werde es nie können, Tom. – Gib mir eine Zigarette.«

Der Mann zündete eine Zigarette an und gab sie ihr, und nach dem ersten Zug lächelte sie und zog die Finger durch das braune, versträhnte Haar. »Wie sehe ich aus, Tom?« fragte sie. »Sehe ich sehr verwildert aus?«

»Er tut mir leid«, sagte der Mann.

Sie hob ihr Gesicht, das müde Gesicht, auf dem wieder der Ausdruck einer sehr alten und ruhigen Verachtung erschien, und dann sagte sie: »Hör auf damit, Tom. Hör auf, ihn zu bemitleiden. Du weißt nicht, was gewesen ist. Du kannst nicht urteilen.«

»Entschuldige«, sagte der Mann. »Ich bin froh, daß du gekommen bist«, und er ging auf sie zu und nahm ihr die Zigarette aus der Hand. Er drückte sie unterm Fensterbrett aus, rieb die Reste der kleinen Glut herunter, wischte die Krümel weg und warf die halbe Zigarette auf eine Kommode. Die untere Seite des Fensterbretts war gesprenkelt von den schmutzigen Flecken ausgedrückter Zigaretten. Ich muß sie mal abwischen, dachte er; wenn sie weg ist, werde ich die Flecken abwischen, und jetzt trat er neben den alten Korbstuhl, faßte ihn mit beiden Händen oben an der Lehne und zog ihn weit hintenüber.

»Tom«, sagte sie, »oh, Tom, nicht weiter, bitte, nicht weiter, ich falle sonst, Tom, du kannst das nicht halten.« Und es war eine glückliche Angst in ihrem Gesicht und eine erwartungsvolle Abwehr ...

»Laß uns hier weggehen, Tom«, sagte sie danach, »irgendwohin. Bleib noch bei mir.«

»Ich muß mal hinaussehen«, sagte er, »einen Augenblick.«

Er ging zum Fenster und sah über die Einsamkeit und Trübnis des Watts; er suchte den wandernden Punkt in der Einöde draußen, zwischen den fern blinkenden Prielen, aber er konnte ihn nicht mehr entdecken.

»Wir haben Zeit bis zur Flut«, sagte er. »Warum sagst du das nicht? Du bist immer nur zu mir gekommen, wenn er seinen Wattgang machte zur Hallig raus. Sag doch, daß wir Zeit haben für uns bis zur Flut. Sag es doch.«

»Ich weiß nicht, was mit dir los ist, Tom«, sagte sie, »warum du so gereizt bist. Du warst es nicht in den letzten zehn Tagen. In den letzten zehn Tagen hast du mich auf der Treppe begrüßt.«

»Er ist dein Mann«, sagte er gegen das Fenster. »Er ist noch immer dein Mann, und ich hatte dich gebeten, heute mit ihm zu gehen.«

»Ist es dir heute eingefallen, daß er mein Mann ist? Es ist dir spät eingefallen, Tom«, sagte sie, und ihre Stimme war müde und ohne Bitternis. »Vielleicht ist es dir zu spät eingefallen. Aber du kannst beruhigt sein: er hat aufgehört, mein Mann zu sein, seitdem er aus Dhahran zurück ist. Seit zwei Jahren, Tom, ist er nicht mehr mein Mann. Du weißt, was ich von ihm halte.«

»Ja«, sagte er, »du hast es mir oft genug erzählt.

Aber du hast dich nicht von ihm getrennt, du bist bei ihm geblieben, zwei Jahre, du hast es ausgehalten.«

»Bis zum heutigen Tag«, sagte sie, und sie sagte es so leise, daß er sich vom Fenster abstieß und sich umdrehte und erschrocken in ihr Gesicht sah, in das müde Gesicht, über das jetzt eine Spur heftiger Verachtung lief.

»Ist etwas geschehen?« fragte er schnell.

»Was geschehen ist, geschah vor zwei Jahren.«

»Warum hast du ihn nicht begleitet?«

»Ich konnte nicht«, sagte sie, »und jetzt werde ich es nie mehr brauchen.«

»Was hast du getan?« fragte er.

»Ich habe versucht zu vergessen, Tom. Weiter nichts, seit zwei Jahren habe ich nichts anderes versucht. Aber ich konnte es nicht.«

»Und du bist bei ihm geblieben und hast dich nicht getrennt von ihm«, sagte er. »Ich möchte wissen, warum du es ausgehalten hast.«

»Tom«, sagte sie, und es klang wie eine letzte, resignierte Warnung, »hör mal zu, Tom. Er war mein Mann, bis sie ihm den Auftrag in Dhahran gaben und er fortging für sechs Monate. So lange war er es, und als er zurückkam, war es aus. Und weil du dein Mitleid für ihn entdeckt hast heute, und weil du wohl erst jetzt bemerkt hast, daß er mein Mann ist, will ich dir sagen, was war. Er kam krank zurück, Tom. Er hat sich in Dhahran etwas geholt, und er wußte es. Er war sechs Monate fort, Tom, sechs Monate sind eine Menge Zeit, und es gibt viele, die es verstehen, wenn so etwas passiert. Vielleicht hätte ich es auch verstanden, Tom. Aber er war zu feige, es mir zu sagen. Er hat mir kein Wort gesagt.«

Der Mann hörte ihr zu, ohne sie anzusehen; er stand mit dem Rücken zu ihr und sah hinaus, sah den grünen Wulst des Deiches entlang, der in weitem Bogen zum Horizont lief. Ein Schwarm von Seevögeln kam von den Prielen draußen im Watt zurück, segelte knapp über den Deich und fiel in jähem Sturz in das Schilf bei den Torfteichen ein. Sein Blick lief suchend; über das Watt zur Hallig, wo sich jetzt der wandernde Punkt lösen mußte; jetzt mußte er die Rückwanderung antreten, um vor der Flut auf dem Deich zu sein: er war nicht zu erkennen.

»Und du bist zwei Jahre bei ihm geblieben«, sagte der Mann. »So lange hast du es ausgehalten und nichts getan.«

»Ich habe zwei Jahre gebraucht, um zu begreifen, was passiert ist. Bis heute morgen hat es gedauert. Als ich ihn begleiten sollte, habe ich es gemerkt, Tom, und du hast mir geholfen dabei, ohne daß du es wolltest. Du hast aus Mitleid oder aus schlechtem Gewissen verlangt, daß ich ihn begleiten sollte.«

»Er ist immer noch nicht zu sehen«, sagte der Mann. »Wenn er vor der Flut hier sein will, müßte er jetzt zu erkennen sein.«

Er öffnete das Fenster, befestigte es gegen den Widerstand des Windes mit eisernen Haken und blickte über das Watt.

»Tom«, sagte sie, »oh, Tom. Laß uns weggehen von hier, irgendwohin. Laß uns etwas tun, Tom. Ich habe so lange gewartet.«

»Du hast dir lange etwas vorgemacht«, sagte er, »du hast versucht, etwas zu vergessen, und dabei hast du gewußt, daß du es nie vergessen kannst.«

»Ja«, sagte sie, »ja, Tom. So etwas kann kein Mensch vergessen. Wenn er es mir gleich gesagt hätte, als er zurückkam, wäre alles leichter gewesen. Ich hätte ihn verstanden, vielleicht, wenn er nur ein Wort gesagt hätte.«

»Gib mir das Fernglas«, sagte er.

Die Frau zog das Fernglas vom Bettpfosten, gab es ihm mit dem ledernen Etui, und er öffnete es, hob das Glas und suchte schweigend das Watt ab. »Ich kann ihn nicht finden«, sagte der Mann, »und im Westen kommt die Flut.«

Er sah die Flut in langen Stößen von Westen herankommen, flach und kraftvoll über das Watt hin ziehend; sie rollte vor, verhielt einen Augenblick, als ob sie Atem schöpfe, und stürzte sich in Rinnen und Priele, und kam dann wieder schäumend aus ihnen hervor, bis sie die eiserne Spundwand erreichte, sich sammelte und hochstieg an ihr und unmittelbar neben dem schrägen Steinufer weiterzog, so daß die dunkle Fläche des Watts gegen Osten hin abgeschnitten wurde.

»Die Flut ist pünktlich«, sagte er. »Auch dein Mann war pünktlich bisher, aber ich kann ihn jetzt nicht sehen.«

»Laß uns weggehen von hier, Tom, irgendwohin.«

»Er kann es nicht mehr schaffen! Hörst du, was ich sage? Er ist abgeschnitten von der Flut, weißt du das?«

»Ja, Tom.«

»Er war jeden Tag pünktlich zurück, lange vor der Flut. Warum ist er noch nicht da? Warum?«

»Seine Uhr, Tom«, sagte sie, »seine Uhr geht heute nach.«

1953

DIE LAMPEN DER ESKIMOS
ODER DIE LEIDEN EINES SPEZIALISTEN

An alles haben die Architekten meines Instituts gedacht, sogar an die Aussicht: frei läuft der Blick über die Alster, über die salzweißen Segel auf unserem Binnensee, streift Fährhäuser, Ruderclubs und vollkommene Versicherungsbauten, in denen alle Mißgeschicke der Hamburger zuverlässig aufgefangen und vergütet werden.

Nach dem Umbau der ehemaligen Hassebrouk-Villa zu unserem Institut fanden wir wirklich alles, was unsere Arbeit erleichterte, und meine Studenten und ich atmeten auf, als wir aus dem baufälligen Bodenraum der Universität, in dem wir so viele Jahre hatten zubringen müssen, hier herüberziehen durften – belohnt durch ein Gebäude, das alle Ansprüche erfüllte, verwöhnt durch Zuwendungen, die nunmehr im rechten Verhältnis zum Institut standen und uns erlaubten, in unserer Forschungsarbeit großzügiger zu sein. Die Alster vor dem Fenster, in der Nachbarschaft lautloser, melancholischer Villen, gingen wir mit Leidenschaft unserer dringenden Aufgabe nach, und ich würde ihr auch heute noch nachgehen, wenn ich nicht jene Reise gemacht hätte, von der ich nichts mitbrachte als einwandfreie Zweifel.

Seitdem ich von jener Reise zurück bin, finde ich nicht mehr die Kraft, dort wieder anzufangen, wo ich aufgehört habe; eine redliche Niedergeschlagenheit, eine Verbitterung, die so groß ist, daß sie einen gewissen Messinggeschmack in meinem Speichel hervorruft, hindern mich daran, die zweckmäßige Schönheit meines Instituts zu erkennen, meine Arbeit fortzusetzen – zumindest mit der Selbstverständlichkeit, mit der ich es einst tat. Schließlich ist das mindeste, was durch diese Reise geschehen ist, die Zerstörung eines Lebenswerks.

Ich gebe zu, daß ursprünglich das Gegenteil geschehen sollte. Als die Hamburger Eisvogel-Reederei einen Grönland-Liniendienst eröffnete und zur Jungfernfahrt auch einen Wissenschaftler einlud, kostenlos daran teilzunehmen, glaubte ich, einer strahlenden Bestätigung, der Krönung meiner wissenschaftlichen Arbeit entgegenzufahren. Ich war nicht erstaunt, daß die Wahl auf mich fiel; denn es ist bekannt, daß mein Institut seit langem im Dienst der Grönlandforschung steht oder doch einen entscheidenden Teil dieser Forschung übernommen hat, nämlich das Sachgebiet: Lampen und Dochte der Torngasuk-Eskimos.

Sechzehn Jahre widmete ich mich dieser Aufgabe, zog Mitarbeiter heran, gründete ein Institut, und da wir unser Ziel mit zufriedenstellender Leidenschaft verfolgten, stellten sich alsbald auch Genugtuungen ein: Anfragen aus vielen Ländern erreichten uns, der englische Völkerkundler Bancroft besuchte unser Institut; wer immer sich in der Welt mit Lampen und Dochten der Torngasuk-Eskimos beschäftigt, mußte unsere geleistete Arbeit zur Kenntnis nehmen. Es erschien uns schließlich nur selbstverständlich, daß viele Doktorarbeiten unserem Institut gewidmet wurden und daß die Forscher Rink und Blau in einem Vorwort versicherten, daß ihr Standardwerk ›Heimkultur der Eskimos‹ (Oslo 1956, 2. Bd.) ohne unsere Hilfe nicht zustande gekommen wäre. Wir allein verfügten über die gesamte einschlägige Literatur, und außerdem über die einzig vollständige Sammlung von Lampen und Dochten der Torngasuk, deren Gründung und fortlaufende Bereicherung ich bescheiden für mich in Anspruch nehmen darf: Flachdochte und offene Runddochte, Dochte aus Baumwolle, Leinen und Seehundsfell, geflochtene und gedrehte Dochte, selbst nicht imprägnierte Dochte mit interessanten Mißbildungen sind in unserer Sammlung reichlich vorhanden.

Aber vollkommener, umfangreicher noch als unser Material an Torngasuk-Dochten ist die Sammlung der Lampen: von frühen Tranbehältern mit einer Öffnung zum Eingießen bis zur modernen Saug- oder Drucklampe; von elliptischen Zierfunzeln bis zur großen Heizlampe mit Luftzug: sämtliche Leuchtmaterialien, die je von den Torngasuk-Eskimos gebraucht wurden oder noch gebraucht werden, sind in mehreren Exemplaren im Ausstellungsraum unseres Institutes vorhanden, darunter kostbare Flammengebläse, die nur bei gemeinschaftlichem Tabakgenuß in Gebrauch genommen wurden.

Doch damit gab ich mich nicht zufrieden. Ich hatte den Ehrgeiz, in meine Sammlung nicht nur feststehende Typen von Lampen und Dochten aufzunehmen, sondern auch aufschlußreiche Variationen, besonders geglückte oder mißglückte Exemplare, Funzeln mit Fehlern, Schäden, Schwächen, um auf diese Weise ein vollständiges Panorama der Beleuchtungskultur schaffen zu können.

So schrieb ich an meinen Mittelsmann in Umiuki, schrieb an M-Whan, wie ich es so oft in den verflossenen Jahren getan hatte, denn M-Whan – übersetzt heißt sein Name einfach ›Rohfleischesser‹ – verdanke ich die ganze Sammlung, die unser Institut zu dem gemacht hat, was es ist. M-Whan war wie immer bereit, auf Dollarbasis zu helfen, schickte wöchentlich eine Kiste, legte seine Spesenrechnungen bei und versprach, weiter durch Ostgrönland zu streifen und überall, wo sich Torngasuks niedergelassen hatten, nach ihren Lampen und Dochten zu fahnden.

Die Korrespondenz mit ›Rohfleischesser‹ verlief keineswegs regelmäßig; manchmal mußten wir ein halbes Jahr auf Antwort warten, eine Zeit, in der wir ihn auf winddurchfegten Schneeflächen für uns unterwegs glaubten; manchmal erhielten wir zwei einsilbige Telegramme auf einmal, in denen er um Vorschuß bat, und zwar weniger für sich selbst als zu dem Zweck, den Besitzer einer seltenen, irdenen Lampe zu schmieren; mitunter brachte das Lastauto der Lieferfirma auch gleich drei mannshohe Kisten zum Institut.

Doch obwohl er nie einen Termin einhielt und in letzter Zeit seine Spesenrechnungen erheblich heraufsetzte – er begründete dies mit den steigenden Preisen für Därme, die als Fenster dienen, und für Domino- und Brettspiele, die über lange Wintereinsamkeit hinwegtrösten –, blieben wir ›Rohfleischesser‹ treu; denn mit der freundlichen Klugheit und der schnellen Auffassungsgabe seines Volkes hatte er absolut begriffen, woran meinem Institut gelegen war. Selbstverständlich benachrichtigte ich ihn sofort, als unser Forschungsetat vergrößert wurde – was zur Folge hatte, daß umgehend mit einem dänischen Schiff vierzehn Kisten in unserem Hafen ankamen.

In einer Kiste fand ich eine Photographie von M-Whan, mit herzlicher Widmung für mich; ein durchreisender amerikanischer Missionar hatte die Photographie aufgenommen – sie zeigte ›Rohfleischesser‹ lächelnd in einem Kajak, angetan mit einem Rentierfellmantel, die Harpune aus Walfischknochen erhoben. Später erhielt ich noch eine zweite Photographie, die ihn in einer Sommerjacke aus Seehundsfell darstellte, beim Essen von Beeren und Wurzeln und einer dunklen Masse, die wir als den Inhalt eines Rentiermagens analysierten. Ich ließ beide Photographien einrahmen, sie fanden einen Platz im Ausstellungsraum des Instituts.

Sechzehn Jahre arbeitete ich mit M-Whan zusammen, und in dieser Zeit entstand unsere Sammlung, entstand aber auch eine Freundschaft zu dem Angehörigen eines armen, bedürfnislosen Volkes, das sich selbst als Inuit bezeichnet, was soviel heißt wie ›Menschen‹. Als nun die *Robbe*, das Flaggschiff der Eisvogel-Linie, die Leinen loswarf zur Eröffnung des Grönland-Dienstes, hoffte ich, durch diese Reise einem doppelten Ziel nahezukommen. Ich rechnete mit der Bestätigung meiner Hypothese, wonach es zwischen 1789 und 1812 einen allgemeinen Verfall in der Lampenkultur der Torngasuk-Eskimos gegeben haben muß; zweitens hoffte ich ungeduldig auf eine Gelegenheit, unserem Aufkäufer ›Rohfleischesser‹ zu begegnen und eine Freundschaft persönlich zu bekräftigen, die in Briefen bereits so lange bestand. Ich hatte eine Urkunde meines Instituts im Gepäck, die ich ihm in Anerkennung seiner Dienste überreichen wollte, ferner einige Geschenke, die mir für einen Seehundjäger und Fallensteller geeignet erschienen; unter anderem Taschenmesser mit Korkenzieher, ein handliches Beil sowie eine Sturmlaterne. Die *Robbe* war ein tüchtiges Schiff mit verstärkten Spanten; die Färöer Inseln mit Island kamen in Sicht und blieben achteraus, und vier Stunden vor der fahrplanmäßigen Zeit liefen wir in den Scoresbysund ein, geblendet von der unerträglichen Helligkeit der Gletscher. Während wir Anker warfen, schoß ein Wasserflugzeug über die Gletscher heran, umrundete uns, ging mit schäumender Spur in der Fahrrinne zu Wasser.

Eine Barkasse nahm den Piloten auf, ging neben der *Robbe* längsseits und nahm Passagiere, Post und Gepäck über und brachte uns zum Landesteg. Auf der Fahrt saß ich neben dem Piloten, einem sportlichen Fünfziger, der unter seiner saloppen Fliegerkombination einen englischen Flanellanzug trug und mir so eigentümlich bekannt vorkam, daß ich ihm mit aller Freimütigkeit ins Gesicht sah. Er ertrug es mit der natürlichen Höflichkeit seines Volkes und nickte mir beim Aussteigen zu.

Zwei vermummte Frauen stritten sich lautlos um mein Gepäck, einigten sich lautlos und führten mich zu einem Hotel, vor dem ein vermummter Portier erschien, meine Koffer nahm und die Frauen vertrieb. Ich fragte ihn, ob es sehr kalt sei für diese Jahreszeit, und er sagte sprichwörtlich: »Anadyr, Anadyr, Angekok« – wörtlich etwa: Das Schneehuhn hat immer rote Augen, womit er darauf anspielte, daß es hier nie allzu warm werde.

Unter den gedämpften Klängen des River-Kwai-Marsches, der aus dem Lautsprecher drang, führte er mich in mein Zimmer, von wo ich augenblicklich Erkundigungen über den Aufenthalt von M-Whan einzog und dabei erfuhr, daß Rohfleischesser zwar nicht zu Hause sei, jedoch zurückerwartet werde. Man nannte mir eine Adresse, Gyndefasa-Gletscher, worauf ich ein Hundegespann mietete und hinausfuhr, ungeduldig, bereit, mit meinem wissenschaftlichen Lieferanten das karge Igluleben für einige Tage zu teilen, und, wenn es sein mußte, ihm sogar beim Schlagen der Robben behilflich zu sein.

Über ein blendendes, schneeverwehtes Geröllfeld näherten wir uns dem Gletscher, und als der Schlitten um einen Felsvorsprung bog, sah ich ein geräumiges Landhaus mit Garage, einen langen Landungssteg und daneben einen auf Pfählen ruhenden Schuppen für ein Wasserflugzeug. Verwirrt ließ ich die Leine fahren, die Hunde zogen gemächlicher, und gemächlich und verwirrt fuhren wir auf das schmiedeeiserne Tor zu.

Man hatte mich bereits entdeckt. Eine Frau mit sehr kleinen Füßen, mit straffem, buttergefettetem Haar – sie trug ein knappes italienisches Kostüm –, empfing mich freundlich und führte mich ins Haus. Ihr Gesicht war breit und platt, der Schädel hatte die typisch pyramidale Form der Torngasuk-Eskimos. Lächelnd nannte sie ihren Namen: M-Whun, was soviel bedeutet wie ›Rohfleischesserin‹.

Sie fragte mich nicht nach dem Zweck meines Besuchs, ließ mich statt dessen meinen Lieblings-Whisky wählen, schaltete die indirekte Beleuchtung ein, und wir saßen und tranken Whisky und blickten auf den Fjord. Ich machte ihr ein Kompliment über die skandinavischen Möbel und über die geschickte Lichtanlage, und Rohfleischesserin nickte und sagte, daß ihr Haus seit kurzem ein eigenes kleines Elektrizitätswerk besitze, mit dem sie ihren Mann überraschen wollte, den sie aus Florida zurückerwarte.

»Unga, Unga, Pöki«, sagte sie, also: Müde wird der Schlittenhund im Alter – was soviel bedeutete, daß ihr Mann eine Erholung nötig hatte. Plötzlich erhob sie sich mit traurigem Lächeln, sagte, daß sie zu ihren Pflichten zurückkehren müsse, und lud mich ein, ihr zu folgen. Wir durchquerten das Haus und betraten eine geräumige Werkstatt, in der ein Dutzend fleißiger Torngasuk-Mädchen arbeitete und scheu grüßte, als wir eintraten. Ihre geschickten Hände hämmerten, schleiften, putzten und drehten; ein Mädchen montierte, ein anderes packte, ein drittes schlug Kisten zusammen – sie ließen sich nicht unterbrechen.

Ich nickte ihnen anerkennend zu, bis ich auf einmal meinen Namen sah, den eines der Mädchen gerade mit schwarzer Tusche auf ein Adressenplakat malte: jetzt begann mich die Produktion zu interessieren. Und ich sah, daß das, was die geschäftigen Hände herstellten, Lampen und Dochte waren: antike Tranbehälter und phantasievolle Schmuckfunzeln, die ein schönes Mädchen pausenlos entwarf; ferner Flachdochte und Runddochte und gedrehte Dochte, in die künstlich interessante Mißbildungen hineingearbeitet wurden. Eine Zwergin hatte nichts anderes zu tun, als Leuchtmaterial in Dreck zu tauchen, eine Gelbhäutige warf komplette Ölbehälter an die

Wand, setzte die Scherben geschickt zusammen und leimte sie, und eine Minderjährige beschäftigte sich damit, Dochte aus Seehundsfell zu imprägnieren, und all das wanderte in bereitstehende Kisten, die an mein Institut adressiert waren.

Selbstzufrieden deutete die Rohfleischesserin über die Werkstatt. »In den ersten Jahren genügten zwei Mädchen«, sagte sie, »doch da eine große Nachfrage besteht, müssen wir bald anbauen.« »Haben Sie alle Lampen und Dochte hier hergestellt?« fragte ich, worauf sie erwiderte: »Was die Brandgans benötigt, macht sie selbst« – womit sie die Rechtmäßigkeit ihres sozialen Aufstiegs begründen wollte.

Ich sah, wußte und sah, wohin der Etat meines Instituts gewandert war; ich zweifelte nicht daran, daß die ganze Sammlung meines Instituts in geschickter Heimarbeit entstanden war; und in meiner Verzweiflung war natürlich kein Platz mehr für den Plan, die Hypothese zu bestätigen, wonach es zwischen 1789 und 1812 einen allgemeinen Verfall in der Lampenkultur bei den Torngasuks gegeben haben muß.

Eilig und verzweifelt, ohne den ›Rohfleischesser‹ getroffen zu haben, verließ ich das Landhaus unter dem Gyndefasa-Gletscher, nichts anderes mitnehmend als belegten Kummer, die Verbitterung, die auch jetzt noch andauert, während ich die salzweißen Segel auf der Alster beobachte. Was soll ich tun? Unser Etat wurde erst kürzlich wieder erhöht, und gerade wurde mir gemeldet, daß im Hafen vier neue Kisten mit Lampen und Dochten der Torngasuk eingetroffen seien. In jedem Fall müssen wir die Kisten öffnen – vielleicht ist unter der Sendung doch ein interessantes Stück.

1959

DER AMÜSIERDOKTOR

Nichts bereitet mir größere Sorgen als Heiterkeit. Seit drei Jahren lebe ich bereits davon; seit drei Jahren beziehe ich mein Gehalt dafür, daß ich die auswärtigen Kunden unseres Unternehmens menschlich betreue: wenn die zehrenden Verhandlungen des Tages aufhören, werden die erschöpften Herren mir überstellt, und meinen Fähigkeiten bleibt es überlassen, ihnen zu belebendem Frohsinn zu verhelfen, zu einer Heiterkeit, die sie für weitere Verhandlungen innerlich lösen soll. »Heiter der Mensch – heiter die Abschlüsse«: in diese Worte faßte der erste Direktor meine Aufgabe zusammen, der ich nun schon seit drei Jahren zu genügen suche. Wodurch ich für diese Aufgabe überhaupt geeignet erschien, könnte ich heute nicht mehr sagen, den Ausschlag jedenfalls gab damals meine Promotion zum Doktor der Rechte – weniger meine hanseatische Frohnatur, obwohl die natürlich auch berücksichtigt wurde.

Als Spezialist für die Aufheiterung der wesentlichen Kunden fing ich also an, und ich stellte meine Fähigkeiten in den Dienst eines Unternehmens, das Fischverarbeitungsmaschinen herstellte: Filetiermaschinen, Entgrätungsmaschinen, erstklassige Guillotinen, die den Fisch mit einem – vorher nie gekannten – Rundschnitt köpften, sodann gab es ein Modell, das einen zwei Meter langen Thunfisch in vier Sekunden zu Fischkarbonade machte, mit so sicheren, so tadellosen Hackschnitten, daß wir dem Modell den Namen ›Robespierre‹ gaben, ohne Besorgnis, in unseren Versprechen zu kühn gewesen zu sein. Ferner stellte das Unternehmen Fischtransportbänder her, Fangvorrichtungen für den Fischabfall und Ersatzteile in imponierendem Umfang. Da es sich um hochqualifizierte und sensible Maschinen handelte, besuchten uns Kunden aus aller Welt, kein Weg war zu lang: aus Japan kamen sie, aus Kanada und Hawaii, kamen aus Marokko und von der Küste des Schwarzen Meers, um über Abschlüsse persönlich zu verhandeln. Und so hatte ich denn nach den Verhandlungen die Aufgabe, gewissermaßen die ganze Welt aufzuheitern.

Im großen und ganzen ist es mir auch – das darf ich für mich in Anspruch nehmen – zum Besten des Unternehmens gelungen. Chinesen und Südafrikaner, Koreaner und Norweger und selbst ein seelisch vermummter Mensch aus Spitzbergen: sie alle lernten durch mich die erquickende Macht des Frohsinns kennen, die jeden Verhandlungskrampf löst. Unsere abendlichen Streifzüge durch das Vergnügungsviertel warfen soviel Heiterkeit ab, daß man sie durchaus als eine Art Massage des Herzens beziehungsweise der Brieftasche ansehen konnte. Indem ich auf nationale Temperamente einging, jedesmal andere Zündschnüre der Heiterkeit legte, gelang es mir ohne besondere Schwierigkeiten, unsere Kunden menschlich zu betreuen oder, wenn man einen modernen Ausdruck nehmen will: für *good will* zu sorgen. Auf kürzestem Weg führte ich die Herren ins Vergnügen. Der Humor wurde mein Metier, und selbst bei dem seelisch vermummten Menschen aus Spitzbergen war ich erfolgreich und überlieferte ihn dem Amüsement. Ich ging in meinem Beruf auf, ich liebte ihn, besonders nachdem sie mir eine zufriedenstellende Gehaltserhöhung zugesichert hatten.

Doch seit einiger Zeit wird die Liebe zu meinem Beruf durch Augenblicke des Zweifels unterbrochen, und wenn nicht durch Zweifel, dann durch einen besonderen Argwohn. Ich fürchte meine Sicherheit verloren zu haben, vor allem aber habe ich den Eindruck, daß ich für meine Arbeit entschieden unterbezahlt werde, denn nie zuvor war mir bewußt, welch ein Risiko ich mitunter laufe, welch eine Gefahr. Diese Einsicht hat sich erst in der letzten Zeit ergeben. Und ich glaube nun zu wissen, woraus sie sich ergeben hat.

Schuld an allem ist einzig und allein Pachulka-Sbirr, ein riesiger Kunde von der entlegenen Inselgruppe der Alëuten. Ich erinnere mich noch, wie ich ihn zum ersten Mal sah: das gelbhäutige, grimmige Gesicht, die Bärenfellmütze, die zerknitterten Stiefel, und ich höre auch noch seine Stimme, die so klang, wie ich mir die Brandung vor seinen heimatlichen Inseln vorstelle. Als er mir von der Direktion überstellt wurde und zum ersten Mal grimmig in mein Zimmer trat, erschrak ich leicht, doch schon bald war ich zuversichtlich genug, auch Pachulka-Sbirr durch Frohsinn seelisch aufzulockern. Nach einem Wasserglas Kirschgeist, mit dem ich ihn anheizte, schob ich den finsteren Kunden ins Auto und fuhr ihn in unser Vergnügungsviertel – fest davon überzeugt, daß meine Erfahrungen in der Produktion von Heiterkeit auch in seinem Fall ausreichen würden.

Wir ließen die Schießbuden aus, den Ort, an dem unsere japanischen Kunden bereits fröhlich zu zwitschern begannen, denn ich dachte, daß Pachulka-Sbirr handfester aufgeheitert werden müßte, solider sozusagen. Wir fielen gleich in Fietes Lokal ein, in dem sich, von Zeit zu Zeit, drei Damen künstlerisch entkleideten. Ich kannte die Damen gut; oft hatten sie mir geholfen, verstockte skandinavische Kunden, die in Gedanken von den Verhandlungen nicht loskamen, in moussierende Fröhlichkeit zu versetzen, und so gab ich ihnen auch diesmal einen Wink. Sie versprachen, mir zu helfen.

Der Augenblick kam: die Damen entkleideten sich künstlerisch, und dann, wie es bei Fiete üblich ist, wurde ein Gast gesucht, der als zivilisierter Paris einer der Damen den Apfel überreichen sollte. Wie verabredet, wurde Pachulka-Sbirr dazu ausersehen. Er ging, der riesige Kunde, in die Mitte des Raums, erhielt den Apfel und starrte die entkleideten Damen so finster und drohend an, daß ein kleines Erschrecken auf ihren Gesichtern erschien und sie sich instinktiv einige Schritte zurückzogen. Plötzlich, in der beklemmenden Stille, schob Pachulka-Sbirr den Apfel in den Mund, das brechende, mahlende Geräusch seiner kräftigen Kauwerkzeuge erklang, und unter der sprachlosen Verwunderung aller Gäste kam er an unseren Tisch, setzte sich und starrte grimmig vor sich hin.

Ich gab nicht auf. Ich wußte, wieviel ich dem Unternehmen, wieviel ich auch mir selbst schuldig war, und ich erzählte ihm aus meinem festen Bestand an heiteren Geschichten, deren Wirkung ich bei schweigsamen Finnen, bei Iren und wortkargen Färöer-Bewohnern erfolgreich erprobt hatte. Pachulka-Sbirr saß da in einer Haltung grimmigen Zuhörens und regte sich nicht.

Irritiert verließ ich mit ihm Fietes Lokal, wir zogen zu Max hinüber, fanden unsern reservierten Tisch und bestellten eine Flasche Kirschgeist. Spätestens bei Max war es mir gelungen, brummige Amerikaner, noch brummigere Alaskaner in Stimmung zu versetzen. Denn im Lokal von Max spielte eine Kapelle, die sich ihren Dirigenten unter den Gästen suchte. Amerikaner und Alaskaner sind gewohnt, über weites Land zu herrschen; das Reich der Melodien ist ein weites Land, und sobald unsere Kunden darüber herrschen durften, löste sich bei ihnen der Krampf der Verhandlungen, und Heiterkeit, reine Heiterkeit, erfüllte sie. Da die Aleuten nicht allzuweit von Alaska entfernt sind, glaubte ich Pachulka-Sbirr in gleicher Weise Heiterkeit verschaffen zu können, und nach heimlicher Verständigung stapfte er zum Dirigentenpult – die Bärenfellmütze, die er nie ablegte, auf dem Kopf und an den Füßen die zerknitterten Stiefel. Er nahm den Stab in Empfang. Er ließ ihn wie eine Peitsche durch die Luft sausen, worauf sich die Musiker spontan duckten. Gemächlich zwang er sodann den Stab zwischen Hemd und Haut, um sich den riesigen Rücken zu kratzen. Ich weiß auch nicht, wie es geschehen konnte: unvermutet jedoch riß er den Stab heraus, zerbrach ihn – offenbar reichte er nicht bis zu den juckenden Stellen seines Rückens – und schleuderte ihn in die Kapelle. Mit düsterem Gesicht, während sich die Trompeten einzeln und bang hervorwagten, kam er an den Tisch zurück. Verzweifelt beobachtete ich Pachulka-Sbirr. Nein, ich war noch nicht bereit, aufzugeben; mein Ehrgeiz erwachte, ein Berufs-Stolz, den jeder empfindet, und ich schwor mir, ihn nicht ins Hotel zu bringen, bevor es mir nicht gelungen wäre, auch diesen Kunden froh zu stimmen. Ich erinnere mich daran, daß sie mich in der Fabrik den ›Amüsierdoktor‹ nannten, und zwar nicht ohne Anerkennung, und ich wollte beweisen, daß ich diesen Namen verdiente. Ich beschloß, alles zu riskieren. Ich erzählte ihm die Witze, die ich bisher nur gewagt hatte, einem sibirischen Kunden zu erzählen – als letzte Zuflucht gewissermaßen. Pachulka-Sbirr schwieg finster. Das finstere Schweigen schwand nicht von seinem gelbhäutigen Gesicht, welche Mühe ich mir auch mit ihm gab. Der Ritt auf einem Maultier, der Besuch in einem Zerrspiegel-Kabinett, erotische Filme und einige weitere Flaschen Kirschgeist – nichts schien dazu geeignet, seine Stimmung zu heben.

Wanda hatte ich mir bis zuletzt aufgehoben, und nachdem alles andere seine Wirkung verfehlt hatte, gingen wir zu Wanda, die allnächtlich zweimal in einem sehr großen Kelch Champagner badete. Auf Wanda setzte ich meine letzten Hoffnungen. Ihre Kinder und meine Kinder gehen zusammen zur Schule, gelegentlich tauscht sie mit meiner Frau Ableger für das Blumenfenster; unser Verhältnis ist fast familiär, und so fiel es mir leicht, Wanda ins Vertrauen zu ziehen und ihr zu sagen, was auf dem Spiel stand. Auch Wanda versprach, mir zu helfen. Und als sie nach einem Gast suchte, der ihr beim Verlassen des Sekt-Bades assistieren sollte, fiel ihre Wahl mit schöner Unbefangenheit auf Pachulka-Sbirr. Ich glaubte, gewonnen zu haben; denn schon einmal hatte mir Wanda geholfen, einen besonders eisigen Kunden vom Baikalsee aufzutauen. Diesmal mußte es ihr auch gelingen! Doch zu meinem Entsetzen mißlang der Versuch. Ja, ich war entsetzt, als Pachulka-Sbirr auf die Bühne trat, vor das sehr große Sektglas, in dem sich Wanda – was man ihr als Flüchtling nicht zugetraut hätte – vieldeutig räkelte. Sie lächelte ihn an. Sie hielt ihm ihre Arme entgegen. Die Zuschauer klatschten und klatschten. Da warf sich Pachulka-Sbirr auf die Knie, senkte sein Gesicht über den Sektkelch und begann schnaufend zu trinken – mit dem Erfolg, daß Wanda sich in kurzer Zeit auf dem Trocknen befand und nun keine Hilfe mehr benötigte. Sie warf mir einen verzweifelten Blick zu, den ich mit der gleichen Verzweiflung erwiderte. Ich war bereit, zu kapitulieren.

Doch gegen Morgen kam unverhofft meine Chance. Pachulka-Sbirr wollte noch einmal die Maschinen sehen, derentwegen er die weite Reise gemacht hatte. Wir fuhren in die Fabrik und betraten die Ausstellungshalle. Wir waren allein, denn der Pförtner kannte mich und kannte auch bereits ihn und ließ uns ungehindert passieren. Düster sinnend legte Pachulka-Sbirr seine Hand auf die Maschinen, rüttelte an ihnen, lauschte in sie hinein, ließ sich noch einmal die Mechanismen von mir erklären, und dabei machte er Notizen in einem Taschenkalender. Jede Maschine interessierte ihn, am meisten jedoch interessierte ihn unser Modell ›Robespierre‹, das in der Lage ist, einen zwei Meter langen Thunfisch in vier Sekunden zu Fischkarbonade zu machen, und zwar mit faszinierenden Schnitten. Als wir vor dem ›Robespierre‹ standen, steckte er den Taschenkalender ein. Er ging daran, den Höhepunkt unserer Leistung eingehend zu untersuchen. Gelegentlich pfiff er vor Bewunderung durch die Zähne, schnalzte oder stieß Zischlaute aus, und ich spürte wohl, wie er diesem Modell zunehmend verfiel. Zur letzten Entscheidung aber, zu dem befreienden Entschluß, unsern ›Robespierre‹ zu kaufen, konnte er offenbar nicht finden, und um Pachulka-Sbirr diesen Entschluß zu erleichtern, sprang ich auf die Maschine und legte mich auf die metallene, gut gefederte Hackwanne. Der Augenschein, dachte ich, wird seine Entscheidung beschleunigen, und ich streckte mich aus und lag wie ein Thunfisch da, der in vier Sekunden zu Fischkarbonade verarbeitet werden soll. Ich blickte hinauf zu den extra gehärteten Messern, die lustig über meinem Hals blinkten. Sie waren sehr schwer und wurden nur von dünnen Stützen gehalten, die mit einem schlichten Hebeldruck beseitigt werden konnten. Lächelnd räkelte ich mich in der Hackwanne hin und her, denn ich wollte Pachulka-Sbirr verständlich machen, daß es auch für den Thunfisch eine Wohltat sein müßte, auf unserem Modell zu liegen. Pachulka-Sbirr lächelte nicht zurück. Er erkundigte sich bei mir, durch welchen Hebeldruck die Messer ausgeklinkt würden. Ich sagte es ihm. Und da ich es ihm sagte, sah ich auch schon, wie die Stützen blitzschnell die Messer freigaben. Die Messer lösten sich. Sie sausten auf mich herab. Doch unmittelbar vor meinem Hals blockierten sie und federten knirschend zurück: die Schnittdruck-

Vorrichtung klemmte. Zitternd, zu Tode erschreckt, zog ich mich aus der Hackwanne heraus. Ich suchte das Gesicht von Pachulka-Sbirr: ja, und jetzt lag auf seinem Gesicht ein zufriedenes Lächeln. Er lächelte, und in diesem Augenblick schien mir nichts wichtiger zu sein als dies.

Heute allerdings ist unser Modell ›Robespierre‹ noch mehr ausgereift, die Schnittvorrichtung klemmt niemals, und ich frage mich, wie weit ich gehen darf, wenn wieder ein Pachulka-Sbirr von den Aleuten zu uns kommt. Durch ihn habe ich erfahren, wie groß mein Risiko ständig ist und daß berufsmäßige Verbreitung von Heiterkeit nicht überbezahlt werden kann. Ich glaube, daß ich die Gefahr erkannt habe, denn wenn ich heutzutage an Heiterkeit denke, sehe ich über mir lustig blinkende Messer schweben, extra gehärtet …

1960

DAS GELÄCHTER DES KUKKABURRA

Mit welchen Kenntnissen sollte ich mich ausrüsten? Mit welchem Wissen kostümieren? Sollte ich, da die Einladung nach Australien feststand, die sympathisch knappe Geschichte des Kontinents studieren oder seine strategische Lage? Sollte ich einen ethnologischen oder einen soziologischen Geschwindkursus durchlaufen? Was würde mir dort unten am ehesten helfen? Politische Kenntnisse? Literarische? Mineralogische? Ich war eingeladen, an sieben australischen Universitäten zu lesen, und ich mußte mich doch vorbereiten, wappnen, einstimmen, ich konnte doch nicht unpräpariert, und das heißt: schutzlos, einen Kontinent betreten, wo sich jeder seinen Bumerang selbst schnitzen darf. Welches Wissen also kann einen dort schützen, fragte ich mich, welche Kenntnisse können dir helfen, dich dort unten heimisch zu fühlen.

Kaum so gefragt, drängte sich auch schon die Gegenfrage auf: Soll man sich durch Kenntnisse schützen, soll man sich heimisch fühlen in einem fremden Land, da Fremdheit doch eine spezielle Bedingung des Erlebens ist? Und ist es nicht überhaupt ratsamer, ohne wohlfeiles Vorwissen zu reisen, nur mit der Bereitschaft, sich entgeistern oder befremden, überwältigen oder verstören, in jedem Fall: sich original beschreiben zu lassen? Auf jedes Risiko? Und kommt es nicht zunächst darauf an, daß man selbst etwas investieren muß – in eine Begegnung, eine Landschaft, ein Erlebnis –, damit ein Eindruck oder ein Abdruck entsteht? Tabula rasa: ist das nicht die ideale Ausgangslage für jede Reise? Wie also?

Ich entschied mich dafür, unbelastet zu reisen, ohne taktisches Wissensgepäck, dennoch konnte ich es nicht verhindern, daß mir zum Schluß, beinah widerwillig, eine spezielle Kenntnis zugetragen wurde; die betraf einen australischen Vogel und beherrschte mich mit seltsamer Hartnäckigkeit.

Im letzten Augenblick, wie gesagt, gegen meinen Willen, hatte man mir doch noch ein Wissen zugespielt; mein Grundsatz, unbelastet zu reisen, war nicht mehr makellos – auch wenn die Geschichte des australischen Vogels, die man mir kurz vor der Reise erzählt hatte, so unscheinbar anmutete. Dieser Vogel, so erfuhr ich – er heißt Kukkaburra –, ist ein erklärter Freund des Menschen; er bietet sich, wenn man einen Garten anlegt, als Wächter des Gartens an, um ihn von Schlangen und Ungeziefer freizuhalten, außerdem kann dieser Vogel lachen, und zwar so verblüffend menschlich lachen, daß man entweder erschrickt oder in das Gelächter einstimmt.

Das also erfuhr ich, und welche Zwänge bereits von einem so beiläufigen Wissen ausgehen können, erlebte ich auf der Reise: bei allen Versuchen, dem fremden Kontinent entgegenzudenken, drängte sich immer dieser Vogel vor, dieser Kukkaburra. Ich konnte ihn nicht aus meiner Vorstellung verbannen; er ließ sich einfach nicht verdrängen, ausklammern, abschießen: er flatterte durch meine ungeduldigen Erwartungen, stieß sein Gelächter aus und bot mir lachend seine Freundschaft an.

Ein Bild des Vogels hatte ich noch nicht gesehen, ich wußte lediglich, daß er so groß wird wie eine Krähe und daß sein Schnabel, was die Härte angeht, mit einer Heckenschere aus Solingen verglichen werden kann. Und ich wußte, daß ich ihn würde suchen müssen; je näher ich dem australischen Kontinent kam, desto dringender wurde mein Interesse für den lachenden Schlangentöter, den gutgelaunten Menschenfreund. Vorauseilend versuchte ich mir die erste Begegnung vorzustellen: stummes, gegenseitiges Beäugen, kurze Demonstration der Wächterfähigkeit, schließlich gegenseitige Sympathieerklärung durch Gelächter, der Vogel beschäftigte mich, und es gab Augenblicke träumerischer Erschöpfung, in denen ich glaubte, nur wegen des Kukkaburra nach Australien zu fahren.

Natürlich fiel ich nicht mit der Tür ins Haus, unterdrückte vielmehr meine, sagen wir: brennende Neugierde auf den Vogel. Da Perth die erste Station meiner Reise war, ließ ich mich willig in die Schönheiten der Landschaft einweisen und mit anderen Nebensächlichkeiten Westaustraliens bekannt machen. Aber was besagte schon die lindfarbene Gartenstadt, deren leichte und fröhliche Häuser sich um eine Postkartenbucht versammelt hatten? Ich dachte an den Kukkaburra. Wie das Erzählen zu den Pflichten des Gastes gehört, so gehört das Zuhören zu seinen Tugenden, und ich hörte zu – freilich mit leichtem Flügelrauschen im Ohr. Und ich erfuhr, daß Australien in dieser Zeit dabei ist, seinen Standort zu bestimmen: Der schutzlose Kontinent hat sich gegen Asien geöffnet, asiatische Studenten beziehen immer häufiger australische Universitäten, asiatische Firmen sind eingeladen, an der Erschließung des Landes mitzuarbeiten. Man blickt nicht mehr gebannt auf London, um Muster und Modelle zu beziehen – das gilt für die Wirtschaft ebenso wie für das Verhalten.

Und ich erfuhr, daß sich die Zahl der Deutschstudierenden an australischen Universitäten in den letzten Jahren verdreifacht hat. Ein Prospektor erzählte mir von der Entdeckung der gigantischen Eisenerzvorkommen. Ich erfuhr von örtlichem Goldrausch, von der grandiosen Einsamkeit des Busches, ich erlebte die außerordentliche Gastfreundschaft eines blauäugigen Orients, und endlich, endlich fragte man mich, was mich an Australien denn ganz besonders, womöglich leidenschaftlich interessiere. Ich nannte den Kukkaburra. Ah, sagte man, der Kukkaburra. Der Vogel, der lachen kann, sagte ich. Und wie der lacht, sagte man und zog mich in den Garten.

Wir lauschten, es war kein Gelächter zu hören, auch nicht aus dem Nachbargarten. Merkwürdig, sagte mein Gastgeber, gewöhnlich sitzen sie hier überall herum und lachen, aber seien Sie unbesorgt: Es gibt sehr viele Kukkaburras in Australien, und Sie werden sein Gelächter schon noch zu hören bekommen.

Ich war unbesorgt, und ich reiste weiter über leeres, totgebranntes Land, über blinkende Salzseen, an Küsten entlang, mit denen sich nur der Ozean unterhielt. Welch eine großartige Verlassenheit, dachte ich, wie viele Möglichkeiten für Sommerhäuser. Mein Nachbar machte mich auf einen Buschbrand aufmerksam: tief unter uns, flach weggerissen, hing eine dünne Rauchbank, ich erkannte die Flammenwalze, bemerkte unter zitterndem Licht die Glut: Buschbrände sind die häufigste Heimsuchung Australiens. Wer nicht fliehen kann, kommt um.

Später sah ich die Spuren des Feuers: geschwärztes Land, versengte Baumstämme, verrußtes Gestein. Wer unweigerlich ein Opfer des Feuers wird, wollte ich wissen und erfuhr, daß es allemal der Koalabär ist. Nachdem ich den Koala lange genug beobachtet hatte, konnte ich es schmerzlich verstehen; denn er ist das Tier, dessen Faulheit so außerordentlich ist, daß sie schon wieder fasziniert. Gegenüber dem Koala ist ein Oblomow ein Arbeitstier. Wie der, in schlafmütziger Anmut an einen Ast geklammert, unerhört verzögert ein Auge öffnet, den Betrachter mit unendlicher Müdigkeit vorzeitlich anblickt und dann das Auge wieder in Zeitlupe schließt! Wie der, mit herausfordernder Langsamkeit, an einem Eukalyptusblatt knabbert! Wie karg und gleichgültig der sich mit seiner faulen Geliebten zur Nacht verabredet! Übrigens erfuhr ich, daß ein Koala, der auf sich hält, grundsätzlich keinen Baum hinabklettert: er öffnet einfach nur die Arme und läßt sich fallen. Mit Hilfe eines angeblich steinharten Hinterns übersteht er jeden Sturz – leider jedoch nicht das Feuer.

Da ist der Kukkaburra, den ich in Adelaide fast zu sehen bekam, besser dran.

Mein Gastgeber in Adelaide war Professor der Germanistik. Wir tranken sehr guten australischen Rotwein, der in der Nähe von Adelaide wächst, ebenso wie der Moselle – Weine, die einen Vergleich mit einem europäischen Tropfen durchaus bestehen. Es waren, wie ich erfuhr, nicht zuletzt deutsche Weinbauern, die dem australischen Wein zu seiner Qualität verhalfen.

Jedenfalls sprachen wir bei sehr gutem einheimischen Wein über Literatur und insbesondere über das Recht des Schriftstellers, sich im Ausland kritisch über sein eigenes Land zu äußern. Es war eine uferlose, schließlich unentschiedene Debatte, und nachdem die Gäste gegangen waren, äußerte mein Gastgeber die Besorgnis, daß ich, bei allem literaturpolitischen Bodenturnen, keine Gelegenheit gefunden hätte, meinerseits Fragen zu stellen: vielleicht unaufschiebbare Fragen über Australien. So freimütig gefragt, antwortete ich ebenso freimütig: den Kukkaburra, ich möchte einmal den Kukkaburra lachen hören. Mein Gastgeber war nicht länger als notwendig verblüfft, lächelte, führte mich ins Arbeitszimmer und zeigte auf die hohen Eukalyptusbäume: dort, sagte er, dort sitzen sie zuhauf, morgen früh werden Sie das Gelächter hören; es trifft sich ausgezeichnet, daß Sie im Arbeitszimmer schlafen. Und um das Gelächter sofort zu erkennen, imitierte mein Gastgeber es eindrucksvoll und bat mich, zwei Phasen zu unterscheiden: das Vorgelächter, das nach selbstzufriedenem automatischem Meckern klang, und das Nachgelächter, das mit dem frohen Dröhnen eines Mannes verglichen werden kann, der einen Witz zu spät verstanden hat.

Ich muß zugeben: am sehr frühen Morgen, noch im Halbschlaf, hörte ich das Gelächter. Auf den Bäumen saßen allerdings keine Kukkaburras, und ich muß annehmen, daß niemand anders als mein Wirt dieses Gelächter ausgestoßen hat – in all seiner trostreichen australischen Gastfreundschaft.

Sie ist in der Tat beispiellos, die australische Gastfreundschaft. Bankleute luden mich ein, Tankstellenbesitzer, Kellner und Kellnerinnen, Leser und Nichtleser, Rundfunkleute und Zeitungsleute. Solche Einladungen werden spontan geäußert, nach vier, fünf Sätzen, die man miteinander gewechselt hat; oft wurde ich auch telephonisch von Fremden eingeladen, manchmal lagen schriftliche Einladungen am Empfang im Hotel.

In Canberra, der schönen, abgelegenen, künstlichen Hauptstadt, dachte ich jedenfalls nicht an den

Kukkaburra, obwohl er mir auch dort versprochen
wurde. Wir fuhren über staubgepudertes Land, das
seit fünf Monaten keinen Regen erlebt hatte, an
Farmhäusern vorbei, die leer und verlassen schienen, bezwungen von der Hitze. Wie heiter, wie
verwöhnt, wie lebensgerecht erschien dagegen
Sydney, eine reiche Stadt, eine selbstbewußte Stadt,
beschenkt mit einem der schönsten Naturhäfen der
Welt und unzähligen geschickten Haifischen, die
noch in knietiefem Wasser attackieren. Ich fragte
nach dem Hauptverbrechen in dieser Stadt und erfuhr, daß »Trunkenheit am Steuer« das am häufig-
sten registrierte Delikt sei. Am Selbstmörderfelsen
fragte ich nach dem Motiv, das so viele Menschen
hier freiwillig in den Tod getrieben hatte, und erfuhr,
daß es Liebeskummer gewesen sei. Ich fragte ein
Mädchen, ob es seinen Eindruck von den australischen Männern auf eine Kurzformel bringen könnte,
und es sagte mit ökonomischem Sarkasmus: Spielen,
Frauen, Rennen. Ob man unter Umständen auch in
Sydney einen Kukkaburra sehen könnte? Selbstverständlich.

Wir streiften durch sehr gepflegte Parks, suchten
Bäume und Büsche ab, wir forschten an teuren, be-
waldeten Hängen, in lautlosen Gärten, schließlich
auch in den gastlichen, vergnügten Restaurants am

Wasser, wo man alle Spezialitäten des Meeres genießen kann; wir hörten Leute am Nebentisch lachen, wir hörten auch einander lachen, nur das Lachen des Vogels hörten wir nicht.

Gab es überhaupt den Kukkaburra? War er ausgestorben, wie so viele seltsame Gattungen dort unten? War sein Gelächter eine typisch australische Sinnestäuschung?

Mit einem Kellner, der mich eingeladen hatte, zog ich an einem Sonntag in den botanischen Garten von Brisbane, wo er selbst das Lachen des Kukkaburra schätzungsweise wohl viertausendmal gehört haben will. Wir fanden Schwärme von weißen Reihern, die träge Goldfische spießten – mein Vogel war zufällig, zum nicht nur fassungslosen, sondern auch ärgerlichen Erstaunen meines Begleiters, nicht zu entdecken. Sollte ich Australien verlassen, ohne den lachenden Vogel gehört zu haben?

Eine Lehrerin, blond, hochgewachsen, mit denkwürdigem Händedruck und in keinen verliebt, nur in die grandiose Einsamkeit des Busches – diese sehr hilfsbereite Lehrerin machte es schließlich möglich, daß ich ihn leibhaftig sah: den Wunschvogel, den Traumvogel, den Vogel des zweiten Gesichts sozusagen. Wir fuhren mit dem Auto noch höher nach Norden hinauf, an Ananasplantagen vorbei, an lichten Wäldern vorbei, bis wir, in idyllischer Landschaft, einen Zoo entdeckten – den kümmerlichsten Zoo, den ich je sah. Ein kurzer Wolkenbruch ging nieder.

Wir tauschten einen Blick mit einem schwermütigen Känguruh, sahen einen nassen Koala, der im Traum mitleiderregend seufzte, sprachen einem offensichtlich desperaten Ameisenbär Mut zu. Und hier, in diesem Zoo der Traurigkeit, fand ich, hinter Drahtgittern, kuckucksgrau, durchnäßt auf dem Boden hockend, ein Kukkaburra-Pärchen: ein Vogel war einäugig, der andere ließ einen Flügel hängen. Bestürzt sahen wir uns an, es brauchte zwischen uns nichts gesagt zu werden: diese Vögel hatten wirklich nichts zu lachen.

Allerdings, das Gelächter des Kukkaburra habe ich schließlich doch noch mitgebracht: Ein freundlicher Germanist schenkte mir eine Bandaufnahme. Nun fehlt mir nur noch das Bandgerät, um meinen australischen Sehnsuchtsvogel in seiner schönsten Äußerung kennenzulernen.

1968

HERR UND FRAU S.
IN ERWARTUNG IHRER GÄSTE

ANNE Die Schnittchen, Henry … Schau dir nur an, wie die Schnittchen aussehen … nach zwei Stunden.
HENRY Grau?
ANNE Papsig … papsig und aufgeweicht.
HENRY Der Salat war zu feucht, Anne, du hast ihn zu lange gewaschen.
ANNE Vielleicht habe ich die Schnittchen zu früh gemacht.
HENRY Alle Schnittchen werden zu früh gemacht … Aber sie werden nicht anders schmecken als die Schnittchen, die man uns überall vorsetzt.
ANNE Du meinst, unsere Gäste werden sich heimisch fühlen?
HENRY In jedem Fall können sie deine Salatblätter mitessen.
ANNE Eben. Und eine Schildkröte wird hoffentlich dabeisein.
HENRY Eine Schildkröte wird sich ein Salatblatt auf ein Schnittchen legen … und andere werden es ihr nachtun … Du wirst schon nicht darauf sitzenbleiben.

ANNE Von mir aus könnten sie jetzt kommen.

HENRY Es ist erst zwanzig nach sieben ... und wir hatten ausgemacht: um acht.

ANNE Soll ich sie gleich hinstellen? Die Schnittchen, meine ich.

HENRY Ich werde uns was zu trinken machen, Anne.

ANNE Du versprichst mir, gleich mitzuessen?

HENRY Ich verspreche es ... Wieviel Eisstückchen heute?

ANNE Zwei bitte ... Henry? Verstehst du das?

HENRY Was?

ANNE Wir erfinden soviel ... Warum muß es ausgerechnet Schnittchen geben, wenn Menschen zusammenkommen? Könnten wir uns nicht auf etwas anderes einigen?

HENRY Das wäre eine lohnende Aufgabe. Ein Lebenswerk.

ANNE Ich meine es im Ernst.

HENRY Hier, Anne, trinken wir auf deine Idee.

ANNE Wieso meine Idee?

HENRY Dieser Abend war deine Idee, oder? Du hattest doch vorgeschlagen, Unbekannte einzuladen.

ANNE Du beginnst sehr früh, mir die Verantwortung zuzuschieben.

HENRY Du hast den Vorschlag gemacht ... Erinnere

dich ... Jeder sollte Leute einladen, die der andere nicht kennt ... Stimmt's?

ANNE Nein, Henry, es war *unsere* Idee ... am Hochzeitstag.

HENRY An unserm achten Hochzeitstag, ich weiß ...

ANNE Du sagtest: jeder ist ein Eisberg.

HENRY Ich sagte, was zu sehen ist, ist nicht alles ... Jeder reicht in eine private Dunkelheit.

ANNE Du hattest gerade Colins übersetzt – diesen modernen Schotten ... Sind wir nicht überhaupt von ihm ausgegangen? Es war eine schwierige Übersetzung – »Die privaten Friedhöfe«.

HENRY Ich weiß, Anne ... Zuerst war es ein Übersetzungsproblem ... aber dann hast du den Vorschlag gemacht.

ANNE Gefragt, Henry ... Ich habe zuerst nur gefragt, ob das zutrifft ... Ob jeder seine – seine sechs unsichtbaren Siebtel hat wie der Eisberg ... Ist es nicht so?

HENRY Du wolltest es darauf ankommen lassen.

ANNE Auch bei uns, an unserm achten Hochzeitstag.

HENRY Und dann, Anne, dann hattest du die Idee, Unbekannte einzuladen.

ANNE Das stimmt nicht ... Es stimmt nicht ganz ... Wir haben ein Abkommen geschlossen.

HENRY Später ... Das Abkommen haben wir erst

später geschlossen ... Zuerst war die Idee, jemanden einzuladen, den der andere nicht kennt, Leute, die man nie voreinander erwähnt hat, die aber dennoch eine Bedeutung hatten ... entscheidende Bedeutung.
ANNE Oh, Henry, wollen wir nicht erst trinken?
HENRY Diese Idee ist von mir.
ANNE Machst du dir Sorgen?
HENRY Warum? Wir haben ein Abkommen geschlossen: wenn die Gäste fort sind, wird sich nichts geändert haben ... Das genügt mir.
ANNE Bist du sicher, daß sich nichts ändern wird?
HENRY Nein, ich bin nicht sicher.
ANNE Wie viele hast du eingeladen? Zwei?
HENRY Es soll doch eine Überraschung sein, oder?
ANNE Ein Ehepaar?
HENRY Gewissermaßen.
ANNE Was verstehst du unter: gewissermaßen?
HENRY Sie leben zusammen. Wie ein Ehepaar.
ANNE Und sind keins?
HENRY Wenn du so weitermachst, Anne ... du wirst dich noch selbst um die Überraschung bringen.
ANNE Aber ... Bist du denn nicht gespannt, wen ich eingeladen habe?
HENRY Nein – das heißt natürlich, doch ... Sogar sehr gespannt. Ich muß an mich halten, um keine Vermutungen anzustellen.

ANNE Henry? Weißt du, was deine Gäste trinken?
HENRY Nein. Und du?
ANNE Nein. Ich habe für alle Fälle Fruchtsaft hingestellt. Gin, Bier, Fruchtsaft: ob das genügt?
HENRY Ich habe schon trockener gesessen.
ANNE Hoffentlich hat keiner eine Ei-Allergie ... Die Eischnittchen hätte ich dann umsonst gemacht.
HENRY Ich werde aufpassen und für einen Ausgleich sorgen.
ANNE Henry? Ich – auf einmal ...
HENRY Hast du Bedenken? Jetzt sind sie unterwegs ... Wir können sie nicht mehr ausladen.
ANNE Keine Bedenken, nein ... Aber ein Gefühl ... In einem Ferienlager, als Mädchen ... Wir mußten eine Mutprobe machen – in eine Grube springen, weißt du, die mit einer Zeltplane abgedeckt war. Du konntest den Grund nicht erkennen.
HENRY Kann sein, daß wir Verstauchungen haben – wenn der Besuch gegangen ist.
ANNE Dir macht es wohl gar nichts aus?
HENRY Noch ein Glas?
ANNE Und du befürchtest nichts? Nein, danke.
HENRY In unserer Abmachung ist vorgesehen, daß wir uns nichts ersparen wollten. Ich bin auf einiges gefaßt.
ANNE Darf ich auch – auf einiges gefaßt sein?

HENRY Mhm.

ANNE Werde ich dich, sagen wir mal, in neuem Licht sehen?

HENRY Mhm.

ANNE Frei nach den »Privaten Friedhöfen«? ... *Dich hat die Nähe unkenntlich gemacht.*

HENRY So ungefähr.

ANNE Eins ist sicher, Henry – ein vergnügter Abend wird es nicht.

HENRY Vielleicht, wenn unsere Gäste gut aufgelegt sind? Wenn sie Gefallen aneinander finden? Denk nur an Oskar.

ANNE Wenn ihr aufeinandertrefft, wird's heiter.

HENRY Wenn sie sich gegenseitig stimulieren ...

ANNE ... ist der Abend gerettet. Wolltest du das sagen?

HENRY Nein, aber die Zeit wird schneller vergehn.

ANNE Wird sie uns nicht vergehn?

HENRY Ich weiß nicht, Anne ... Es ist möglich, daß wir eine eigene Zeit haben werden ... Sie – ihre ... Wir – unsere Zeit.

ANNE Und ich kenne sie wirklich nicht, deine Gäste?

HENRY Wir hatten doch ausgemacht: Unbekannte ... Leute, über die wir nie miteinander gesprochen haben.

ANNE Ja, ja, Henry ... aber trotzdem ... du hättest ja mal ein Wort verloren haben können ... nicht?

HENRY Bereust du es schon? Die Einladung, meine ich.

ANNE Es ist merkwürdig, ich weiß ... aber ich bilde mir ein, daß sich schon jetzt etwas verändert hat. Geht es dir auch so? ... Doch, Henry, gib mir noch ein Glas ... Aber nicht aus der Karaffe. Die soll voll bleiben ... einfach aus der Dose.

HENRY Wenn sie gegangen sind, wissen wir mehr über uns.

ANNE Werden deine Gäste lange bleiben? Ich meine ... sind das Leute mit Sitzfleisch?

HENRY Du fragst zuviel, Anne. Wart doch ab.

ANNE Meine jedenfalls ... Ich kann mir vorstellen, daß sie früh aufbrechen ... Ältere Leute – wesentlich älter als wir. Um elf sind sie müde, schätze ich ... Und dein sogenanntes Ehepaar – sind die älter als wir?

HENRY Jetzt wissen wir immerhin schon etwas.

ANNE Etwas Gin, bitte ... Tu noch etwas Gin in den Saft ... Danke ... Mit Eis müssen wir sparen – vor drei Stunden gibt der Kühlschrank nichts her ... Also deine Gäste sind nicht älter als wir.

HENRY Du wirst sie sehen. Noch eine halbe Stunde, wenn sie pünktlich sind.

ANNE Und was gewinnen wir dadurch?

HENRY Wodurch?

ANNE Daß wir uns gegenseitig überraschen? Es genügt doch, wenn der Tausch stattfindet ... Jeder gibt dem anderen ein dunkles Kapitel: fertig. Warum müssen wir uns dabei noch überraschen?

HENRY Wir hatten es so ausgemacht.

ANNE Das können wir ändern ... Vermutlich, Henry ... wenn sie hier herumsitzen, Nüsse knabbern ... wenn wir ihnen zuprosten: glaubst du, daß das eine Gelegenheit ist, Karten aufzudecken?

HENRY Nüsse knabbern? Warum nicht? Warum soll man bei einem Geständnis keine Nüsse knabbern? Ich finde es sogar sehr angebracht ... erstens beruhigt es, zweitens nimmt es dem Augenblick jegliches Pathos.

ANNE Werden wir ihnen sagen, warum wir sie eingeladen haben?

HENRY Das wird sich wohl ergeben – früher oder später.

ANNE Und wenn sie es in den falschen Hals bekommen? Was dann?

HENRY Dann ... Ich vermute, dann wird sich der Abend nicht sehr lange hinziehen.

ANNE Hör zu, Henry ... Meine Gäste sind Mitte Sechzig ... verheiratet ... sie heißen Jacobson.

HENRY Warum sagst du das?

ANNE Weil ich es will ... Weil ich nichts dem Zufall überlassen möchte – und weil wir auch an sie denken müssen.
HENRY Du bist ungeduldig, Anne.
ANNE Ich bin nicht ungeduldig.
HENRY Dann hast du ein schlechtes Gewissen ... auf einmal ...
ANNE Nein. Ich habe auch kein schlechtes Gewissen ... Die Leute, die ich eingeladen habe ... Du weißt ja nicht, was geschehen ist ... fair ... nach allem muß ich einfach fair sein.
HENRY Späte Entdeckung, oder? Als du die Schnittchen gemacht hast, dachtest du noch nicht an das Risiko.
ANNE Der Mann, Henry, der gleich zu uns kommen wird ...
HENRY ... in einer halben Stunde erst ...
ANNE ... den ich mit seiner Frau eingeladen habe ... du weißt es nicht, woher auch?
HENRY Du verstößt gegen die Spielregeln.
ANNE Nein. Das Spiel hat aufgehört ... Jetzt brauchen wir Regeln für den Ernstfall.
HENRY Ernstfall? Du sagtest: Ernstfall?
ANNE Dieser Mann kann es dir bestätigen, Henry ... ich bin zu ihm gegangen ... an einem Abend ... um ihn zu töten.

HENRY Was du nicht sagst ... Darf man fragen, welche Todesart du für ihn ausgesucht hattest?
ANNE Der einzige Mensch, den ich töten wollte.
HENRY Aber doch nur vorübergehend, nur so ein bißchen, hoffe ich.
ANNE Du kommst dir wohl sehr überlegen vor ... aber du wirst dich wundern ... Du wirst dich noch wundern, Henry ... Er wird dir alles bestätigen.
HENRY Zumindest verstehe ich, warum du nie darüber gesprochen hast.
ANNE Vater ... Mein Vater, Henry, ist nicht gestorben.
HENRY Nicht?
ANNE Er hat Selbstmord verübt ...
HENRY Ich war damals auf einem Übersetzer-Kongreß in Belgrad.
ANNE Du warst gerade auf einem Übersetzer-Kongreß, ja. Wir haben dir nicht telegraphiert ... Vater ist nicht einfach gestorben ... Er hat sich erhängt ... Er sah keinen Ausweg mehr, da hat er das getan ... Gib mir noch ein Stück Eis ... Ja ... Es sind jetzt sieben Jahre her ... Du sagst nichts?
HENRY Draußen klappte eine Autotür. Ich wollte nur mal nachsehn.
ANNE Erinnerst du dich noch an die Zeile? Du hast

sie mir vorgelesen: *Der sicherste Besitz, den uns niemand bestreitet, sind unsere privaten Friedhöfe.*

HENRY Warum, Anne, warum hat dein Vater Selbstmord verübt?

ANNE Wir hatten ausgemacht, uns nichts zu ersparen ... mit unseren Einladungen, meine ich.

HENRY Also?

ANNE Er wird's dir bestätigen ... nachher ... Jacobson ... So wie er's mir bestätigt hat ... Vater war nicht der Mann, für den wir ihn hielten – nicht der kleine Einzelgänger, auf den die Großen es abgesehen hatten ... Er war es nicht.

HENRY Aber es war sein Geschäft ...?

ANNE Geschäft? Wenn du das ein Geschäft nennen willst ... Eine Bude ... eine Höhle ... eine Annahmestelle für Wetten war es, wo die Kerle mit dem Hut auf dem Kopf herumstanden und in den Zähnen stocherten ... Geschäft ... Bei diesen Leuten war Vater beliebt ... Ihnen gab er Tips – und sie gaben ihm Tips ...

HENRY Und dein Gast Jacobson war einer von ihnen ...

ANNE Nein. Der Mann, den ich eingeladen habe, gehört nicht zu ihnen ... Ich weiß nicht, wie es heute ist ... Damals jedenfalls gehörten ihm alle Wettannahmestellen hier in der Stadt ... alle.

HENRY Bis auf eine.

ANNE Sie haben meinem Vater Verkaufsangebote gemacht ... Er konnte sich nicht davon trennen.

HENRY Er hat doch selbst gewettet ... Wenn ich nicht irre, war er einer seiner besten Kunden. Oder?

ANNE Vater hatte die sichersten Tips ... er kannte die Stammbäume aller Pferdefamilien ... der berühmtesten wenigstens ... wie oft hat er mich angepumpt ... Oh, Henry ... wie zärtlich er sein konnte, wie vergnügt, wenn er sich bei uns Geld pumpte.

HENRY Unter uns: er hat auch mich angepumpt, Anne. Wir waren noch nicht einmal verheiratet.

ANNE Und du hast ihm was geliehen?

HENRY Geschenkt ... vorsorglich habe ich's ihm gleich geschenkt.

ANNE Er konnte alles vergessen.

HENRY Immerhin ... Er hat mich umarmt ... Ziemlich heftig sogar ... Und er nannte mich einen noblen Schwiegersohn.

ANNE Wir kannten ihn ... und wußten viel zuwenig ... Er sprach über alles nur in Andeutungen ...

HENRY ... wenn es nicht um Summen ging.

ANNE Deshalb erfuhren wir nichts von seinen Schwierigkeiten ... Nur manchmal, wenn er glaubte, uns eine Pleite erklären zu müssen ... Sie wollen mich fertigmachen, sagte er dann – der große Jacobson will mich mit allen Mitteln fertigmachen.

HENRY Eine Zigarette, Anne?

ANNE Mit keinem Wort erwähnte er, daß er seine Höhle längst verkauft hatte ... nein, danke ... Daß ihm nichts mehr gehörte außer seiner Leidenschaft.

HENRY Also hatte Jacobson es geschafft.

ANNE Jacobson hatte den Laden gekauft, ja ... Vater durfte als Geschäftsführer bleiben ... so eine Art Geschäftsführer ... na, du weißt schon ...

HENRY Und ihr? Ihr wußtet das alles nicht?

ANNE Wir wußten nichts ... Wir erfuhren nur, daß da etwas Großes, Übles im Gange sei ... eine Treibjagd, die Jacobson veranstalten ließ ... auf Vater ... Jacobson – du hättest hören sollen, wie er diesen Namen aussprach ... mit welcher Erbitterung.

HENRY Das Telephon ...

ANNE Du brauchst nicht ranzugehn ... Leitungsreparaturen. Sie haben sich im voraus entschuldigt.

HENRY Ich dachte schon, einer würde absagen.

ANNE So spät? ... Siehst du, es ist still ... So spät kann man doch wohl nicht mehr absagen ... Jacobson ... wenn sein Name fiel, sah ich ihn hinter Vaters Stuhl stehen, riesig, eine Schlinge in der Hand ... er war einfach da.

HENRY Vermutlich ist er klein und zart ... dein Gast.
ANNE Und als es passierte ...
HENRY ... mit Jacobson ...
ANNE ... mit Vater ... du warst auf diesem Übersetzer-Kongreß in Belgrad ... am Schrank ... Er hatte sich am Schrank erhängt ... Als sie mir die Nachricht brachten ... als ich ihn dann sah ... Oh, Henry ... er sah so gehetzt aus, auch im Tod, so gehetzt und schäbig ... Vielleicht hättest du es auch getan.
HENRY Was, Anne?
ANNE Ich versprach mir etwas ... als ich ihn so sah, schwor ich mir etwas ...
HENRY Sühne.
ANNE Mit diesem Tod wollte ich mich nicht abfinden. Von mir aus nenn es Vergeltung. Du warst weg ... Es gab nur einen einzigen Gedanken ... Dann, am Abend, nahm ich deine Pistole.
HENRY Sie war geladen. Und mit dem Ding in der Handtasche fuhrst du zu ihm nach Hause.
ANNE Zuerst nach Hause ... dann ins Büro ... Er war noch im Büro und arbeitete ... Er war allein.
HENRY Kanntest du ihn? Ich meine: wart ihr euch begegnet – vorher?
ANNE Wir machten uns bekannt ... Er war schnell im Bilde ... er begriff ... du wirst ihn ja kennenler-

nen ... du wirst erleben, daß er selten nachfragt ... Ich sagte ihm, warum ich gekommen sei ...

HENRY Und die Folgen ... hattest du nicht an die Folgen gedacht?

ANNE Ja, Henry. Ich hatte – seltsamerweise – an die Folgen gedacht ... Notwehr ... ich wollte so vorgehen, daß alles wie Notwehr ausgesehen hätte ... Es gab keine Zeugen ... es war Abend ... wir waren allein in seinem Büro ... ich hätte in Notwehr gehandelt ... obwohl ...

HENRY Obwohl?

ANNE Er wirkt noch älter, als er ist ... ein zarter Mann, müdes Gesicht ... müde Beine.

HENRY Unterschätz diesen Typ nicht. Und weiter?

ANNE Er ist nur die Hälfte von mir ... ein sehr zarter Mann. Vielleicht hätte man mir die Notwehr auch nicht geglaubt. Doch ich wollte dabei bleiben ... Ich hab es ihm auch gesagt.

HENRY Du hast es ihm gesagt, Anne?

ANNE Er sollte alles wissen ... warum ich gekommen war ... wie es ausgehen würde ... und er ließ mich aussprechen ... er nickte und hörte mir zu.

HENRY Was sollte er anderes tun? Fand er es nicht – freundlich von dir?

ANNE Freundlich? Was?

HENRY Daß du ihn nicht im unklaren darüber ließest ... warum du ihn töten wolltest? Ich meine, man kann auch ohne Erklärungen schießen.

ANNE Deine Ironie, Henry ... ich glaube, sie ist unangebracht ... Vaters Tod ... er hatte Schuld an Vaters Tod ... er hat ihn fertiggemacht ... ich hab es ihm gesagt ... und ich sagte ihm auch, daß ich ihn töten würde.

HENRY Da du ihn eingeladen hast: offensichtlich hat er es überlebt.

ANNE Traust du es mir nicht zu? Du glaubst wohl nicht, daß ich geschossen hätte ...

HENRY Doch, Anne – jetzt ... ich trau es dir zu ... ich muß es dir zutrauen.

ANNE Ich hätte es auch getan ... doch dann ... du hättest ihn erleben sollen ... diese Unsicherheit ... diese Unentschiedenheit ... er sah mich nur an und schüttelte den Kopf ...

HENRY Immerhin – es war eine Überraschung.

ANNE Nicht aus Überraschung ... Er war einfach unsicher, ob er das Bild zerstören sollte – das Bild, das ich von Vater hatte ... Ich weiß nicht genau, Henry ... aber ich glaube es ... Jacobson schwankte, ob er mir reinen Wein einschenken sollte.

HENRY Weil er dich schonen wollte?

ANNE Weil er mir etwas ersparen wollte, ja ... So weit ist er gegangen ... Er wußte, wer Vater war ...

er kannte ihn besser als wir ... Weißt du noch? In den »Privaten Friedhöfen« ... *Schick keinen fort, der dir anbietet, das Wissen der Nacht zu teilen.*
HENRY Also, Jacobson hat dir die Augen geöffnet?
ANNE Vater hat sein Geschäft freiwillig verkauft ... Ach, Henry ... als ihm das Wasser am Hals stand ... als auch Bestechungen nicht mehr weiterhalfen – da hat er verkauft ... an Jacobson. Jacobson gab ihm eine Chance ... sogar eine zweite Chance gab er ihm, nachdem die Unterschlagungen aufgedeckt waren ... Vater – er hatte Unterschlagungen gemacht ...
HENRY Wenn es nicht so gewesen wäre ... Stell dir vor, du hättest Jacobson getötet ... stell dir vor, Anne ...
ANNE Du siehst auf einmal so erschrocken aus.
HENRY Nahm er dir die Pistole fort?
ANNE Ich blieb lange bei ihm ... Er erzählte von Vater – all das, was keiner von uns wußte ... Ich konnte ihm anmerken, wie schwer es ihm fiel ... Er zeigte mir Beweise ... Nein, er nahm mir die Pistole nicht fort. Und als ich gehen wollte ...
HENRY Was da?
ANNE Er gab mir etwas zu trinken.
HENRY Eine gute Idee ... Bevor unsere Gäste kommen: ich werde mir auch etwas zu trinken machen.

ANNE Mutter weigerte sich ... Sie wollte sich nicht von ihm helfen lassen.

HENRY Er hat euch geholfen?

ANNE Später, ja ... doch Mutter weigerte sich, von ihm etwas anzunehmen ... Da haben wir uns verbündet, Jacobson und ich ... Mutter weiß heute noch nicht, daß es sein Geld war, das ich ihr brachte.

HENRY Ihr habt euch also oft gesehen, Jacobson und du?

ANNE Manchmal ... in der ersten Zeit ... Seit Jahren nicht mehr.

HENRY Und ich, Anne, ich hab nichts gemerkt davon ... nichts gewußt.

ANNE Einmal, Henry, es ist lange her ... du hattest gerade den Sellers übersetzt, »Die Verstecke« ... diese Frau, die nichts für sich behalten konnte, erinnerst du dich? Barbara Piggot hieß sie. Du sagtest, sie hätte etwas von mir ... sie mußte einfach reden ... alles weitergeben ... Ich sagte dir, daß man auch zur Tarnung reden kann ... Du nanntest sie einen Sender ohne Richtstrahler.

HENRY Wann hast du ihn zum letzten Mal gesehn ... Jacobson?

ANNE Vor fünf Jahren ... Es müssen fünf Jahre hersein ... Ich glaube, du wirst dich mit ihm verstehn.

HENRY Und seine Frau?

ANNE Ein großer nickender Hut ... Mehr weiß ich nicht von ihr.

HENRY Weiß sie, was du mit ihm vorhattest?

ANNE Nein ... ich weiß nicht ... Wird's dir ungemütlich? Ich meine, bekommst du kalte Füße?

HENRY Vor unserm Abend? Wir wollten es darauf ankommen lassen ... Wir hatten ausgemacht, uns nichts zu ersparen.

ANNE Die unbekannten Siebtel des Eisberges.

HENRY Eben.

ANNE Jedenfalls kennst du nun meine Gäste.

HENRY Sie sind noch unbekannt genug.

ANNE Ich mußte es dir sagen, ihretwegen.

HENRY Und für Überraschungen ist auch noch Platz ... Vielleicht, Anne ... Glaubst du immer noch, daß es eine gute Idee war, Leute einzuladen, die man nie voreinander erwähnt hat?

ANNE Du meinst, wir gewinnen nichts damit?

HENRY Still ... Die ersten kommen.

ANNE Es hat bei Lauterbach geklingelt, nicht bei uns. Es ist ja erst Viertel vor ... Du sagst sowenig ...

HENRY Was soll ich tun? Punkte verteilen? Die ganze Geschichte nachmessen und erklären, daß ich dich nun erst richtig kenne?

ANNE Wir hatten ausgemacht, Henry, daß sich nichts ändert.

HENRY Ja, nur haben wir etwas dabei übersehen.
ANNE Die andern?
HENRY Uns ... Wir haben nicht berücksichtigt, daß uns jedes neue Wissen verändert.
ANNE Wenn erst alles hinter uns liegt ... dieser Abend.
HENRY Ja.
ANNE Ist es auch dein Wunsch?
HENRY Ja ... Übrigens, ich habe nur einen Gast gebeten ...
ANNE Einen? Ich denke, deine Gäste sind verheiratet ... Du sagtest doch, sie sind gewissermaßen verheiratet.
HENRY Nur einer kann kommen.
ANNE Sie?
HENRY Er. – Nur er wird kommen.
ANNE Wir haben viel zuviel Schnittchen. Hoffentlich ist er ein guter Esser.
HENRY Er wird länger dableiben, Anne. Ich meine – mein Gast wird vorerst mit uns leben.
ANNE Bis die Schnittchen aufgegessen sind?
HENRY Vielleicht wirst du ihn nie mehr los ... Wart ab.
ANNE Schöne Aussichten ... Und du hast wirklich nie von ihm gesprochen? In Andeutungen?
HENRY Kann sein, er wird dir bekannt vorkom-

men – nach einer Weile ... Wir sind etwa gleichaltrig.
ANNE Doch nicht dieser Bibliothekar, Henry?
HENRY Er heißt Julius Gassmann. Du kennst ihn nicht ... Er ist kein Bibliothekar.
ANNE Ist er ein Langweiler?
HENRY Biologe ... Das heißt, er war es, eine Zeitlang ... genauer: er wollte es werden.
ANNE Ich schätze, Henry, ihr habt euch lange nicht gesehn.
HENRY Sehr lange, ja ... zuletzt ... es war kurz vor Ende des Krieges.
ANNE Hoffentlich erkennt ihr euch überhaupt wieder ... Bist du ihm wiederbegegnet? Jetzt?
HENRY Ich hab ihn nie vergessen ... nie aus den Augen verloren ... Julius Gassmann war immer da.
ANNE Und du hast mir nie von ihm erzählt?
HENRY Heute, Anne ... Wir hatten doch abgemacht, heute Gäste einzuladen, die wir nie voreinander erwähnt haben ... Unbekannte ... auf jede Gefahr hin.
ANNE Gib mir etwas zu trinken, bitte ... Ob wir lüften sollten? Schnell noch mal?
HENRY Ich habe lange darüber nachgedacht, wer es sein könnte, mit dem ich dich bekannt machen sollte ... Jetzt ist es an der Zeit, daß du ihn kennenlernst.
ANNE Julius Gassmann?

HENRY Keiner hat soviel Bedeutung für mich gehabt wie er ... in gewisser Weise wäre ich nichts ohne ihn. Wie nennt man das beim Veredeln?
ANNE Beim Veredeln? Was meinst du, Henry?
HENRY Ist das Geißfuß-Pfropfen? Wenn man einen Ast einkerbt ... wenn man ihn an einem anderen eingekerbten Ast befestigt – nennt man es nicht Pfropfen?
ANNE Ich begreif dich nicht.
HENRY Jedenfalls besteht eine Verbindung zwischen uns ... eine feste, schon verwachsene Verbindung ...
ANNE Wie in den »Privaten Friedhöfen«: *Hör zu und zeig dich nie, mein heimlicher Begleiter.*
HENRY Julius Gassmann ... am Schluß erwischten sie ihn doch noch.
ANNE Sie erwischten ihn?
HENRY Gefangenschaft ... kurz vor Schluß kam er noch in Gefangenschaft ... den fünfundzwanzigsten Geburtstag hat er an Bord erlebt ... auf dem Atlantik ...
ANNE Du hast ihn auf einem Schiff getroffen?
HENRY Es war ein Frachter ... voll mit Gefangenen ... Sie brachten sie nach drüben ... ein großer Konvoi, fast dreißig Schiffe ... draußen operierten immer noch einige U-Boote ...
ANNE Dann ist er dein Jahrgang, Henry.

HENRY Sie hatten ihn registriert und mit einem Sammeltransport auf das Schiff gebracht – es sollte nach Boston gehen ... Einige sprachen auch von Philadelphia ...
ANNE Kein Eis, danke ... Ihr wart also auf dem gleichen Schiff.
HENRY Als es passierte, waren viele im Waschraum ... auch Julius Gassmann. Es passierte im Morgengrauen. Wir wurden torpediert.
ANNE Du hast es schon einmal erzählt: ein eigener Torpedo.
HENRY Sie konnten es nicht wissen ... Viele waren im Waschraum, so einem Behelfswaschraum ... es gab gleich Wassereinbruch ... in einem trüben Gang vor dem Waschraum hingen die Jacken, die Uniformjacken ... Das heißt, sie lagen auf einer schmalen Holzbank ... An der Tür keilte sich alles fest, doch Gassmann kam noch raus ... Julius Gassmann schaffte es.
ANNE In so einem Augenblick, Henry, denkt man da noch an seine Jacke?
HENRY Einige denken sogar an die Zahnbürste ... Das Schiff sank schnell, und es sanken noch zwei andere Schiffe ... Julius Gassmann, er wurde aufgefischt ... Ein Zerstörer nahm ihn an Bord, und auf ihm blieb er, bis sie nach. Baltimore kamen.

ANNE Warst du auf demselben Schiff?
HENRY Du wirst sehn ... Es wurden nicht sehr viele gerettet ... Außerdem ... vor der amerikanischen Küste löste sich der Konvoi auf ... Julius Gassmann kam nach Baltimore; aber seinen Beschluß, den hatte er schon früher gefaßt ... schon an Bord des Zerstörers.
ANNE Welchen Beschluß, Henry? Was meinst du?
HENRY Seine Einheit ... sie wurden gegen Widerstandskämpfer eingesetzt ... Er hatte furchtbare Vergeltungsaktionen mitgemacht ... Sogar der Untergrundsender hat darüber berichtet ... immer wieder ...
ANNE Du wolltest sagen, was Julius Gassmann beschlossen hatte.
HENRY Ja ... an Bord des Zerstörers ... nachdem er gerettet war ... Es war nicht seine Jacke, die er anhatte. Die Papiere, ich meine: die Listen waren untergegangen ... er mußte neu registriert werden.
ANNE Unter anderem Namen?
HENRY Er fand Briefe in der Jacke ... eine Blechschachtel mit Nähzeug, Briefe und einen Ausweis.
ANNE Mit Bild?
HENRY Eigentlich war es nur eine Bescheinigung – ohne Bild ... eine Bestätigung, daß der Inhaber offiziell als Übersetzer anerkannt war ... Die Briefe waren schwer leserlich.

ANNE Und das ging glatt? Natürlich, es mußte ja glattgehen ... sie hatten ihn aufgefischt.
HENRY Als sie ihn aufforderten, seinen Namen zu buchstabieren, legte er die Bescheinigung vor ... Die Situation ließ keinen Argwohn zu ... Er wurde neu registriert ... Und dadurch ist er ihr entkommen.
ANNE Wem?
HENRY Seiner Vergangenheit ... oder doch dem Teil seiner Vergangenheit, der ihn einiges befürchten ließ ... das halbe Jahr, das er zu dieser Einheit gehört hatte.
ANNE Wieviel Selbstkontrolle gehört dazu ...
HENRY Er richtete sich einfach ein in diesem angenommenen Namen ... möblierte die neue Biographie ... natürlich mußte er aufmerksam leben, seinen Willen anstrengen ... aber dann, im Lager, passierte es, daß er zum ersten Mal – wie soll ich sagen – den angenommenen Namen träumte ... im Traum erschien er sich selbst nicht mehr als Julius Gassmann ... das war die erste Vereinigung, ja ... so wurde die Vereinigung hergestellt.
ANNE Für die Zeit drüben ... für die Gefangenschaft?
HENRY Stell dir vor, Anne, wir hatten eine Art Lager-Universität ... dort in Virginia ... man konnte eine Menge Fächer belegen ... Sogar ein gefange-

ner Gerichtsmediziner hielt Vorlesungen in seinem Fach ...

ANNE Gassmann vermutlich Sprachen ...

HENRY Gassmann belegte Sprachen, so ist es ... außer Englisch und Französisch auch Italienisch.

ANNE Sag bloß, Henry, daß er drüben auch sein Diplom erhielt.

HENRY Er erhielt es vom Prüfungsausschuß einer amerikanischen Universität ...

ANNE Und das hielt er aus? Das kann doch keiner aushalten.

HENRY Was?

ANNE Wann hat er sich wieder zurückverwandelt? In Julius Gassmann?

HENRY War es notwendig? Es ging sehr gut ohne ihn und ohne die Biologie ... Ein gewisses Risiko gab es selbstverständlich ... mit den Jahren aber wurde es geringer ... Ja, Anne: der andere gefiel ihm ... manchmal hatte er das Gefühl, eine lohnende Aufgabe übernommen zu haben ... lebenslänglich ... Es war, als hätte er der Zufälligkeit der Herkunft seine Wahl entgegengesetzt.

ANNE Aber seine Angehörigen? Er hat doch Angehörige.

HENRY Vermißt ... für sie gilt er als vermißt bei einem Schiffsuntergang.

ANNE Und seine neuen Angehörigen? Die, die er sich eingetauscht hat?

HENRY Einmal erhielt er eine Suchkarte vom Roten Kreuz ... Er tat es als Mißverständnis ab.

ANNE Das sieht ihm ähnlich ... Und bis heute, Henry, bis heute ist er dabei geblieben?

HENRY Ich sagte ja, er hatte das Gefühl, eine lebenslängliche Aufgabe übernommen zu haben.

ANNE Henry?

HENRY Ja?

ANNE Ich – wie soll ich ihn denn anreden? Herr Gassmann? Ich schätze, er hätte etwas dagegen.

HENRY Er heißt auch Henry.

ANNE So wie du?

HENRY Er heißt Henry Schaffer. – Julius Gassmann heißt jetzt Henry Schaffer.

ANNE Das ist nicht wahr!

HENRY Es ist wahr ... Ja, Anne, es ist wahr.

ANNE Das hast du erfunden!

HENRY Julius Gassmann wird nicht kommen, weil er schon hier ist ... Du wirst sehn: er wird nicht kommen ... Glaubst du's nicht?

ANNE Nein, Henry, ich glaub dir nicht.

HENRY Ich kann dir die Briefe zeigen ... und die Bescheinigung des Übersetzerverbandes ...

ANNE Du kannst mir vieles zeigen: ich glaub dir

nicht ... Acht Jahre – du kannst doch nicht acht Jahre mit mir zusammenleben – unter anderem Namen.
HENRY Was wäre der Unterschied gewesen – für dich? Du hättest Julius zu mir gesagt ... das wäre alles gewesen.
ANNE Du willst mich doch nur reinlegen – nicht, Henry? Nur reinlegen willst du mich?
HENRY Nein, Anne. Es war deine Idee ... der Eisberg – die unbekannten Siebtel ... Ich hab gesucht und gesucht ... es gibt keinen Unbekannten, den ich hätte einladen können – außer Julius Gassmann ... Und das bin ich selbst ... Ich war es.
ANNE Mein Gott, wenn das stimmt ... Weißt du, was es für mich bedeutet? Für mich, für uns, für diese Ehe?
HENRY Ich sagte ja, mein Gast ist gewissermaßen verheiratet ...
ANNE Bist du dir klar darüber, welche Folgen das haben kann?
HENRY Wenn du mich statt Henry Julius nennst? ... Wir hatten doch ein Abkommen geschlossen: wenn die Gäste fort sind, wird sich nichts geändert haben.
ANNE Alles ist ungültig ... Wenn es stimmt, Henry, dann ist alles ungültig.
HENRY Nichts ist ungültig. Und ich sage dir noch einmal, Anne: es ist wahr ... Der Mann, mit dem

ich dich bekannt machen wollte, heißt Julius Gassmann ... Er ist anwesend.
ANNE Ich halt es nicht aus, Henry.
HENRY Es hat geklingelt.
ANNE Was sagst du?
HENRY Deine Gäste haben geklingelt.
ANNE Ich kann jetzt nicht ... geh hin und ...
HENRY Herr und Frau Jacobson. Du hast sie eingeladen.
ANNE Erfinde etwas ... Ich kann nicht.
HENRY Dann werde ich öffnen ... Schließlich – du hast sie ja auch in meinem Namen eingeladen.
ANNE Sag, daß es nicht stimmt. Bitte.
HENRY Stell unsere Gläser weg.
ANNE Mach nicht auf.
HENRY Und den Aschenbecher.
ANNE Henry?
HENRY Nimm dich zusammen ... Unsere Gäste.

1969

MEINE STRASSE

Nein, in diese Gegend wollten wir nicht ziehen. Als wir die alte Wohnung verlassen mußten, suchten wir, nicht zuletzt wegen der Bücher, ein stilles Haus in der Vorstadt. Uns wäre jede Gegend in Hamburg recht gewesen – ausgenommen der Stadtteil, in dem wir heute wohnen. Othmarschen ließen wir bei unserer Suche links liegen. Hierher – und darüber bestand ein stillschweigendes Einverständnis –, hierher wollten wir nicht.

Warum? Wir fürchteten die Zwänge – Zwänge des Verhaltens, die man der hier wohnenden Gesellschaft nachsagte. Wir hatten keine Schiffe laufen. Wir waren weder im Export- noch im Importgeschäft zu Hause. Keine Mitgliedschaft im Golfclub, keine im Reiterverein, nicht mal Anwärter auf Mitgliedschaft in einem Yachtclub. Vor allem konnten wir nicht mitreden – und das ist schon Anlaß ausdauernder Abendunterhaltungen –, wenn man gemeinsam das europäische Hotel ausfindig machte, in dem der garantiert beste Martini serviert wird. Wir beide wurden nicht auf der Überfahrt zwischen Hamburg und London geboren. Wir beide »empfangen« sogenannte Lieferanten an der allgemeinen Tür und trinken einen Schnaps mit ihnen. Und wir waren auch nicht bereit, die mannigfachen Tribute zu entrichten, die man für eine sogenannte »gute Adresse« aufbringen muß – von peinlicher Gartenpflege bis zur diskreten Demonstration eigener Kreditwürdigkeit.

Doch dann fanden wir, gegen unsere Absicht, ein altes, sympathisch verwohntes Haus, das uns zu garantieren schien, was bei den anderen besichtigten Objekten fraglich geblieben war: Stille nämlich. Stille in der Stadt. Und dies Haus lag ausgerechnet hier, in der Nachbarschaft eines sahnefarbenen, prestigefördernden Senatorenbunkers, im Schatten repräsentativer Bäume, die in städtischer Fürsorge stehen, in der weiteren Nachbarschaft von Golf-, Reiter- und Segelclubs, deren Aufnahmestatuten sich wie der delikateste Kommentar zur Chancengleichheit lesen. Doch das Argument der Stille siegte. Huschende Eichhörnchen zerstreuten letzte Bedenken. Auch wilde Kaninchen im Garten, deren Sympathie wir uns mit Teltower Rübchen erkauften. Käuze und seltene Vögel, die wir uns mit Futter gewogen machten. Eine Viertelstunde vom Hauptbahnhof entfernt entdeckten wir gediegene Ländlichkeit, überraschendes Tierleben, tägliche und nächtliche Stille. Das gab den Ausschlag, wir wurden Bürger von Othmarschen.

Die Straße, in der ich wohne? Sie ist nicht lang, sie ist weder alleenhaft prächtig noch spektakulär verwendbar. Hier werden, das weiß ich, niemals Paraden stattfinden. Und Barrikaden werden hier nie entstehen. Ein schlichter rechter Winkel, ein steif angewinkeltes Knie, in ganzer Länge mit zwei kraftvollen Steinwürfen zu vermessen: das ist sie schon, eine Nebenstraße offensichtlich, ein abseitiger Weg. Ich meine, der Mann, der ihr seinen Namen geliehen hat, hätte eine belebtere Straße verdient, eine längere in jedem Fall. Die Tat seines Lebens bestand darin, von einem brennenden dänischen Kriegsschiff verwundete Seesoldaten zu bergen, 1849 vor Eckernförde. Bei der Explosion des Schiffes kam er ums Leben, wurde post mortem aus dem Mannschaftsstand zum Leutnant befördert: er erhielt. soviel ich weiß, den Adelstitel und später dann diese Straße. Sie ist tatsächlich viel bescheidener als die Straßen der Nachbarschaft, denen ein Waldersee, ein Jungmann, ein Reventlow den Namen gaben. Aber die waren Marschälle, hochgestellte Dreinschläger, oder sie hatten Zugang bei Hofe.

Die wenigen Häuser meiner Straße: sie wurden

zum großen Teil um die Jahrhundertwende gebaut, offensichtlich vom selben Architekten. Der muß ein besonders inniges, vielleicht sogar rauschhaftes Verhältnis zur Schweiz gehabt haben. Wer genauer hinsieht, erkennt in der Dachkonstruktion und in der schmückenden Laubsägearbeit unter den Giebeln Schweizer Einflüsse. Wehende Schleifen, Stuckgirlanden, Gipskränze: an einigen Häusern sind sie noch zu finden, diese Insignien des Jugendstils; meist sind sie – auch an unserem Haus – späteren Renovierungen zum Opfer gefallen. Nein, diese Häuser in unserer Straße bezeugen nicht hanseatischen Stil, also: schmucklose Melancholie, pompöse Trübseligkeit, unbesorgte Raumverdrängung. Sie sind, proportional gesehen, zu hoch hinausgebaut – Aussichtsplattformen, von denen aus der Architekt einen Blick auf die Schweizer Berge freigeben wollte, womöglich auf Alpenglühen. Weil es sich so steif und krampfhaft reckte, nannten wir unser Haus vom ersten Tage an: *das Stelzbein*. Doch mittlerweile haben sich die Stile gemischt – einige Häuser in meiner Straße tragen schon die Merkmale eingebildeter Sachlichkeit. Das ist den Bäumen gleichgültig, den Buchen, Birken, Eichen und Ahornbäumen, die zum Teil sehr viel älter sind als die Häuser. Es gibt hier auch imposante Buschbäume in den Gärten – wir haben eine seltene Koniferenart vor dem Fenster – und fast überall das noble, feierliche Friedhofsgewächs: den Rhododendron. Kleiner Vorgarten, größerer Hintergarten: dieses Muster ist hier verpflichtend.

Und die Nachbarn? Die Bewohner dieser stillen, trägen und wohl auch selbstgenügsamen Straße? Wir kannten sie lange nicht – ausgenommen die unmittelbaren Nachbarn zur Linken und zur Rechten, beide als Juristen ergraut. Von den anderen wußten wir nichts, lange nichts. Sicher, wir sahen regelmäßig Persianermäntel vorbeigehen, beobachteten die morgendliche Abfahrt zigarrenrauchender Männer vorgerückten Alters, die von Chauffeuren weggekarrt wurden; auch die abendliche Kurzpromenade mit dem schwerfälligen Dackel, dem Pudel, dem Spaniel bekamen wir zu Gesicht – doch wer unsere Nachbarn wirklich waren, das erfuhren wir lange nicht.

Freilich, etwas erfuhren wir schon über sie. Wir lernten unter anderem ihre Empfindlichkeit kennen, ihr Verlangen nach unbedingter Höflichkeit, ihr Befremden über Arbeit, die Lärm macht. Als wir uns neben dem Haus eine Garage bauten – wobei wir in Übereinstimmung mit der Verkehrsbehörde handelten, die erklärte: je mehr Autos von der Straße verschwinden, desto besser –, als also die unschuldige Garage entstand, erfolgten prompt Nachfragen: *Baugenehmigung?* Die war vorhanden. *Vorschriften?* Allen Vorschriften war entsprochen. Was also? Eine Nachbarin hatte die Garage als anstößig empfunden; sie versperrte zwar nicht, doch beleidigte ihr Blickfeld. Und als wir es wagten, eine Art Auffahrt zur Garage zu bauen – schließlich schaffte ich es beim besten Willen nicht, mein Auto in die Garage zu tragen –, wurde wieder nachgefragt: ob wir den »geliebten Gehweg« durch eine Auffahrt unterbrechen dürften? Wir durften.

Jeden Morgen um Viertel vor neun verwandelt ein gewisses Auto meine Straße in eine Dorfstraße. Eine Klingel, wie wilhelminische Wachtmeister sie schwangen, bevor sie eine Verordnung verlasen, bimmelt zum Frühstückfassen: Milch, Brötchen, Käse, meinetwegen noch »Frühlingsquark«. Man trifft sich am Auto, man bedient sich selbst, man spricht über den letzten oder über den bevorstehenden Urlaub. Als ich zum erstenmal neben dem Auto auftauchte, musterten mich einige Frauen eindringlich, und ein Silberhaar sprach zum andern Silberhaar: *Wo ist bloß die berühmte Höflichkeit der Ostpreußen geblieben? Früher, da boten sie einem doch ellenlange Grüße an.*

Auffe Flucht verbrannt is de Heflichkeit, sagte ich und trug gelassen meine Milch ins Haus.

Schließlich erfuhren wir, was eine Nachbarin von Arbeit hält, bei der unwillkürlich Lärm entsteht. Um Bäume auszuschneiden, braucht man eine Säge, um den Rasen zu stutzen, eine Mähmaschine. In Betrieb genommen, verursachen beide ordentlichen Arbeitslärm. Was anderswo hingenommen wird – in meiner Straße darf es nicht gelten. Zuerst fragte die aufgebrachte Nachbarin den Mann mit dem Rasenmäher nach der Uhrzeit. Er sagte: *Zehn*. Dann wollte sie den Wochentag wissen. Er sagte: *Freitag*. Sie erkundigte sich streng, wie viele Stunden er noch zu arbeiten gedenke. Er sagte: *Drei vielleicht*. Daraufhin faßte die Nachbarin alle gegebenen Auskünfte zu folgender Anklage zusammen. Es sei unerhört und mitleidlos, an einem Freitag um zehn mit einer dreistündigen Arbeit zu beginnen, die in dieser Gegend nicht hingenommen werden könne. Daß es *seine* Arbeitszeit sei, interessiere sie überhaupt nicht. Hier möchte er bitte nur dann arbeiten, wenn es keinen Bewohner stört. Solche Geständnisse, Empfindlichkeiten, Reizbarkeiten – sie blieben für lange Zeit die einzige Kenntnis über meine Nachbarn.

Allerdings, bei meiner sitzenden Beschäftigung am Fenster war es unvermeidlich, zumindest die äußeren Gewohnheiten meiner Nachbarn zu erfahren. Da spielte sich Tag für Tag das gleiche Ritual ab.

Zuerst, kurz vor acht, zogen die Schulkinder vorbei. Etwa eine Stunde nach ihnen: der Aufbruch in Büros und Direktionszimmer. Stille Vormittage, an denen nur Frauen mit ihrem »Marktporsche« (einer Tasche auf Rädern) zu voluminösem Einkauf zogen, von gepflegten Hunden begleitet. Selten ein junges Gesicht. Mittags dann kehrten hier und da erschöpfte Herren zu erquickendem Kurzschlaf zurück. Nicht regelmäßig, doch an vielen Nachmittagen gehört meine Straße den Kindern. Da nur selten ein Auto durchfährt, kann man leidlich ungefährdete Radrennen veranstalten oder Rollschuh laufen. Erstaunlich spät kehrten die Herren von der zweiten Arbeitsetappe zurück; die Verantwortlichen, die Chefs, die Direktoren sind zu Überstunden gezwungen, sagte ich mir. Und erstaunlich früh erloschen in meiner Straße die Lichter in den Häusern.

Sechs Jahre mußten wir warten, um unsere Nachbarn näher kennenzulernen. Zwar, mittlerweile war es zu üblichem Grußabtausch gekommen – sparsames Kopfnicken oder leichte Verbeugung bei vorgezogener Schulter –, und ab und zu, beim Harken der Blätter oder beim Schneeschippen, begutachtete man die Wetteraussichten – mehr nicht. Aber dann ging im gegenüberliegenden Haus eine Familie auseinander, und zurück blieb ein wenn auch nicht ansehnlicher, so doch seltener und kostbarer Hund. Ein Basset. Allein gelassen, hatte er natürlich ein Recht zur Klage, und sein klagendes Wuff-wuff hallte Tag und Nacht durch meine Straße. Der Appell war unüberhörbar. Da, wie ein Fachmann feststellte, der Mensch besonders gut zu den Tieren ist, mit denen er lebt – und weniger zu solchen, von denen er lebt –, erfuhr der kostbare Hund prompte Hilfe. Die Häuser öffneten sich, eine Prozession setzte sich in Bewegung. Man brachte dem verlassenen Hund Wurststullen, Knochen, Hühnerschenkel, Knäckebrot; Wasser setzte man ihm hin, Trinkmilch; man streichelte ihn, sprach und spazierte mit ihm, richtete ihn seelisch auf. Der klagende Hund wurde Treffpunkt, er wurde Anlaß und Gelegenheit, die Nachbarn kennenzulernen ... *Gestatten, mein Name ... Darf ich mich mal vorstellen ... Gesehen hat man sich ja schon ...* Händeschütteln, Verbeugungen. Blicke aus der Nähe. Ein verlassener Hund stiftete Bekanntschaften. Wer also waren meine Nachbarn?

Der liebenswürdige, ehemalige Prokurist, der in seiner Freizeit Schiffsmodelle bastelt, der ehemalige Direktor einer Zigarettenfabrik. Ein Zahnarzt, dessen Frau uns für den Reiterverein keilen wollte. Verwitwete Direktoren- und Inspektorenfrauen. Die überaus reizende dänische Frau eines hervorragenden Müllverbrennungsspezialisten. Ein freundlicher junger Kapitän auf großer Fahrt. Ein pensionierter General. Ein pensionierter Richter. Wir staunten, wie viele Pensionen in unserer Straße nicht nur bezogen, sondern auch verzehrt werden.

Dennoch, meine Straße ist nicht der Ort, an dem ausschließlich warmer Pensionsfriede herrscht, wo man genüßlich von seiner Altersveranda, ohne viel zu denken, auf die Gärten hinabschweigt. Kein Sunset Boulevard des Bürgertums, wo nichts mehr verändert, ausgewechselt, erneuert werden darf.

Das wird besonders augenfällig an dem Tag, an dem sogenannter Sperrmüll auf die Straße zum Abholen rausgestellt werden darf. Da werden Couchen und Küchentische abgestoßen, sehr gut erhaltene Polstersessel, Gardinenstangen, Matratzen, solide Schlafzimmerschränke – das Zeug steht da, als hätten die Häuser es erbrochen. Und ich kann die Schatzsucher gut verstehen, die, bevor die Müllabfuhr kommt, mit einem Eiltransporter aufkreuzen, den mehr als brauchbaren Krempel durchmustern und aufladen, was sich mit Sicherheit versilbern läßt. Es ist schon bemerkenswert, was die Leute in meiner Straße abstoßen, wovon sie sich trennen.

Meine Straße: sie beschränkt sich nun allerdings
nicht allein auf das Stück ausgebauten Wegs, an dem
ich wohne. Zu ihr gehören unbedingt die Bogen und
Haken, die ich schlage, und die Teilstücke anderer
Straßen, die ich auf meinem täglichen Weg gehe –
einkaufend, spazierend, luftschnappend. Auf diesem
Weg finde ich fast alles, was ich zum Leben brauche.
Ich nenne ihn, ganz für mich, mein kleines Idioten-
dreieck; er ist zum Zwangsweg geworden, und so
verlängere ich meine Straße, so setze ich sie fort:
über die Jungmannstraße hinüber und dann zum
Statthalterplatz. Mag sein, daß dieser Platz einmal
war, was sein Name beansprucht; heute beeindruckt
er vor allem als Startbahn. Hier, wo die großen Bus-
se halten, kann man zur Hauptverkehrszeit die ex-
plosionsartige Entstehung von Bewegung beobach-
ten – wenn nämlich ganze Busladungen zu sprinten
beginnen, um den S-Bahn-Anschluß zu erreichen.
Die arbeitenden Mitbürger entwickeln solche Ge-
schwindigkeit, daß sie kaum die politischen Plakate
betrachten, die unter der S-Bahn-Brücke aufgestellt
sind. Übrigens sieht man hier selten ein unbeschä-
digtes Plakat, fast immer sind sie vielsagend versaut:
Strauß mit Spitzbart, Carstens mit Monokel, Helmut
Schmidt mit Schnuller. Dort die beiden Verkaufsne-
ster, an die Unterführung geklebt: »mein« Blumen-

laden und »mein« Zeitungskiosk. Hier hole ich mir, was ich nicht abonniert habe – wobei jeder Einkauf das Abbild harmloser Konspiration bietet. Der Besitzer des Kiosks und ich unterstützen dieselbe Partei, und einem sonderbaren Instinkt folgend, nähern sich unsere Gesichter vor der Luke, und hastig flüsternd, in Stichworten, tauschen wir politische Besorgnisse und Genugtuungen aus.

Zurückgezogen, in angemessener Backsteintrübnis, das Familienlokal unserer Gegend. Wenn wir Zeit haben, essen wir hier mitunter, bürgerlich, reelle Portionen – zusammen mit einem älteren Publikum, das so nachdenklich kaut, als sei ein jeder Gutachter der Behörde für die Überwachung von Speiselokalen.

Was sich dahinter auftut, ist nun der andere Teil meiner Straße, unsere Geschäfts- und Einkaufsgegend, die entstanden sein muß, als Lieferanten oder Vermögen knapper wurden; die Bauart vieler Geschäfte verrät es. Schläuche sind es zumeist, Verkaufspassagen, enge Röhren und Kästen, viele einfach den dahinterstehenden Villen vorgesetzt oder aufgepappt, wie etwas Vorläufiges, auf Widerruf Errichtetes. Wenn ich an das Repräsentationsbedürfnis anderer Einzelhändler denke, dann springt die Dürftigkeit, die Enge, das Provisorische der Geschäfte in meiner Einkaufsstraße besonders ins Auge – vor allem, wenn man von Verkäufern erfährt, wie kapitalkräftig der Kundenstamm hier ist (und wie einsichtsvoll gegenüber Preiserhöhungen).

Die Banken und Sparkassen allerdings – und davon gibt es nicht weniger als fünf in dieser kurzen Straße –, die Geldinstitute wollten auch hier nicht auf demonstrative Repräsentation verzichten. Marmor mußte her, teures Holz und viel Glas. Aber die Geschäfte ... Hier, wo ich mein Brot kaufe (es wird Holzofenbrot versprochen), in diesem Schlauch muß man immer damit rechnen, daß einem vorn eine Hutfeder kitzelnd im Gesicht herumfährt, während von hinten Einkaufstaschen in die Kniekehlen schlagen. Und hier, auf dem Hinterhof, diese unscheinbare Sardinenbüchse: das ist mein Fischgeschäft. Die beiden freundlichen Brüder, die es betreiben, verstehen sehr viel vom Fischfang und von Fischrezepten, und oft reden wir über das Angeln. Die Kargheit täuscht: hier kann man, auf Bestellung, auch teuren, in jedem Fall seltenen Fisch bekommen, beispielsweise holt sich ein alter Ostpreuße hier seinen Lachs, der *fast in heimatlichen Jewässern jefischt* worden ist. Auch im Gemüsegeschäft empfiehlt sich Bewegungslosigkeit, zumindest Aufmerksamkeit, wenn man nicht Gefahr laufen will, unter herabstürzenden

Dosen und Flaschen begraben zu werden, die eine unachtsame Drehung leicht von den Regalen holen könnte. Sogar die Uhren- und Juweliergeschäfte, von denen es etliche gibt, sind in meiner Straße von auffallender Mickrigkeit, provisorische Niederlassungen Merkurs, die gleichwohl ihren Mann zu ernähren scheinen.

Da der Morgen meine beste Arbeitszeit ist, gehe ich meist mittags durch meine Straße. Und noch jedesmal gab es Anlässe zur Verwunderung, zur Nachdenklichkeit, zum Stehenbleiben. Die zartgliedrigen asiatischen Schulkinder, die, deutsche Ranzen auf dem Rücken, von der Internationalen Schule nach Hause gehen, scheinen die Heiterkeit unter erdrückender Wissenslast eingebüßt zu haben. Sinnend gehen sie vorbei, wie in schwerwiegender Kontemplation befangen. Die einheimischen Schüler, die zu dieser Stunde meine Straße zum Korso machen, kommen mir da sorgloser vor; selbstbewußt führen sie ihren Guru-, Papua- oder Afrikaner-Look vor, scherzen keineswegs aufdringlich mit ihren Mädchen, trinken Kaffee, und die Kleineren stürzen, in ganzen Pulks, in eine Bratküche, um riesige Mengen Kartoffelchips zu vertilgen.

Erstaunlich, wie groß die Geldscheine sind, mit

denen kleine Pfoten bezahlen. Wollten beruflich strapazierte Eltern sich loskaufen von grauer Familienpflicht?

Die verläßliche Freundlichkeit der Gastarbeiter beeindruckt mich noch jedesmal. Sie sind allemal dabei, wenn in meiner Straße gebaut wird, wenn Leitungen verlegt oder repariert werden. Was müssen sie entbehren, wenn sie auf ein knappes Kopfnicken schon mit ausschweifender Freundlichkeit antworten? Wie muß ihnen die Straße vorkommen, in der Leute im Tennisdreß einkaufen oder, über den großen Onkel latschend, Reitkostüm und Gerte spazierenführen? Welche Gedanken erfüllen sie beim Anblick der teuren Rassehunde, die zwar keine Rolexuhren tragen, doch mitunter aufgeputzt sind, als gingen sie zu einem Hunde-Cocktail?

So kurz meine Einkaufsstraße auch ist, so wenige prachtvolle Konsumtempel sie auch aufweisen mag, so bescheiden sie auf den ersten Blick auch anmutet: sie versäumt es keineswegs, ihre Ansprüche zu stellen, hervorzuheben, daß sie etwas Besonderes sein möchte – angesichts der speziellen Kundschaft, die sich »gegenüber Preiserhöhungen einsichtsvoll« verhält. Ein zweites Fischgeschäft glaubte sich der hier lebenden Gesellschaft anpassen zu müssen und nannte sich »Fischsalon«. Doch man braucht nicht zu fürchten, daß schleimige Karpfen mit der Nagelschere geschnitten und Krabben mit der Pinzette gezählt werden. Die Inhaber schnacken auch Platt. Ein kleines Geschäft, das auch biedere Handtücher und Waschlappen feilhält, nannte sich mit Rücksicht auf die soziale Höhenlage »Dream Shop«. Hier können also Gebildete ihre Laken kaufen.

Wo Einzelhändler, nur um einem eingebildeten Anspruch zu genügen, ihre Geschäfte auf solche Namen taufen, da muß es natürlich auch sogenannte Boutiquen geben. Und es gibt sie. Und sie werden von Frauen besucht, denen kühle Umsatzlöwen klarmachen, wie sie sich kleiden, gürten, schmücken sollen, wo das Bein beginnt und der Hals endet. Und natürlich darf man voraussetzen, daß es in dieser Straße früher Erdbeeren gibt als in anderen Stadtteilen, und daß ein ausgesprochener Bedarf herrscht an Avocados, Granatäpfeln und Mangofrüchten – von Störfleisch und Schwalbennestern gar nicht zu reden. Trotzdem: sie bleibt eine Dorfstraße mit Snob-Appeal.

Etwa in der Mitte biege ich auf meinem täglichen Weg links ab, passiere die S-Bahn-Unterführung. Vorher jedoch – und das ist mehr als erstaunlich für diese Gegend – eine Schuhmacherwerkstatt; ich bin dann schon auf dem äußeren Bogen, der zu meiner

Wohnung zurückführt. Wer in diesen melancholischen Kästen wohnt? Hier, wo sich die Mindestquadratmeterzahl des sozialen Wohnungsbaus wie ein Witz anhört? Notare sind es, Hausmakler, Ärzte, wiederum Notare – fast hat es den Anschein, als sei Hamburg ein günstiger Boden für Notare. Aber auch Schneidermeister wohnen hier. Und eine Kleintier-Klinik bietet sich an, falls der Wellensittich husten sollte.

Und doch: meine Gegend gehört nur zur verlängerten Margarineseite der Elbchaussee. Die Butterseite liegt am kostbaren Elbhang, mit freier Aussicht auf den Schiffsverkehr – wir begnügen uns mit den Geräuschen: mit den dröhnenden Rufen des Nebelhorns, mit dem erschütternden Brummton der Supertanker, bei Westwind auch mit dem Rattern der Niethämmer auf den Werften. Die Geräusche erinnern allemal an die Nähe des Stroms. Von hinten – aber wer will hier entscheiden, wo hinten und vorn ist, sagen wir also: von der anderen Seite biege ich wieder in meine Straße ein. Kinder begrüßen mich. Sie essen nie auf der Straße, so wie wir es taten. Noch nie habe ich hier den Ruf gehört: *Mami, wirf mir mal 'ne Stulle runter.* Dafür grüßen sie ungewöhnlich korrekt und in einer Sprache, der man den bemühten Wunsch anmerkt, Wohlerzogenheit auszustellen. Hier kann ein achtjähriges Mädchen glatt sagen, und zwar ohne Luft zu holen: *Guten Tag, Herr Lenz, wir hatten die Freude, Sie im Fernsehen zu erleben, bitte, grüßen Sie Ihre Frau.* Als ich einmal einem kleinen Mädchen einen unterhaltsamen Bären aufbinden wollte (ich erzählte ihr, daß Eichhörnchen deshalb so viele Nüsse sammelten, weil sie mit ihnen Wettkämpfe im Murmelspiel austragen), unterbrach die Kleine mich mit der Bemerkung: *Es hört sich ganz possierlich an, aber Sie nehmen es mir hoffentlich nicht übel, wenn ich nicht bereit bin, Ihre Märchen zu glauben.* So können Kinder in meiner Straße sprechen.

Ob sie auch eine heimliche Bevölkerung hat? So, wie alle charaktervollen Straßen von sichtbarem und unsichtbarem Volk bewohnt werden? Sie wirkt so brav, so geschichtslos, so wenig gezeichnet von Mittellosigkeit oder herausfordernder Verschwendung, daß man zu schnell annehmen möchte, hier habe sich nichts ereignet, was einen fremden Spaziergänger erschauern läßt oder automatisch seine Phantasie weckt oder ihn betroffen lauschen läßt – eben: auf die Stimmen einer heimlichen Bevölkerung.

Meine Straße: sie ist von erklärter Diesseitigkeit. Die Peitschenmasten der Laternen lassen nicht zuviel im Dunkeln. Und um nächtliche unerbetene Besuche fernzuhalten, geht ein Herr vom Hamburger Wachdienst ums Haus. Lautlos segelt er auf seinem Fahrrad durch die nächtliche Straße, nur das Metall der Taschenlampe blitzt argwöhnisch und die Brille. In jedes Haus, das er zu bewachen hat, wirft er einen weißen Kontrollzettel: *Ich war hier, nichts fiel mir auf.* Manchmal liegt ein rotes Kontrollzettelchen daneben; es stammt vom Oberwachmann und soll besagen: der Wachmann seinerseits wurde bewacht oder kontrolliert; er wurde bei Ausübung seiner Pflicht angetroffen. Dennoch wird in größeren Abständen in unserer Straße eingebrochen; aus statistischen Gründen waren wir auch schon dran. Die Beute war gering. Bei uns verschwanden Mokkalöffel, von denen wir nicht einmal wußten, daß wir sie besaßen. Äpfel und Birnen, die Lieblingsbeute meiner Jugend – hier klaut sie niemand mehr. Meine Nachbarn können sorglos schlafen, falls sie schlafen können.

Viele Jahre wohnen wir jetzt hier, und in dieser Zeit haben wir uns aneinander gewöhnt, meine Straße und ich. Ja, es ist sogar mehr als Gewohnheit entstanden, das Gefühl nämlich, zu Hause zu sein. Gelegentlich, wenn Freunde aus der Stadt kommen und von den Vorzügen der City schwärmen, von dem regsamen, geräuschvollen Leben dort, von sozialen

Erfahrungsfreuden und sogenannter Weltnähe, dann beginne ich unwillkürlich meine Straße zu verteidigen: die Stille, die Distanz, die geharkte Abseitigkeit hier, die vielleicht das schnelle Gespräch nicht begünstigen, ganz gewiß aber die Arbeit am Schreibtisch. Und nach allen Regeln der Kunst versuche ich zu verdrängen, daß dies die einzige Gegend war, in die wir, auf der Suche nach einer neuen Wohnung, nicht ziehen wollten.

1973

ATEMÜBUNG

Schaut auf diese Bucht, sagte Gerold, dort unten ist es. Ohne den Motor abzustellen, hielt er an einer Passierstelle der engen Straße und machte eine präsentierende Geste, gerade als wolle er uns den schimmernden Strand schenken und die träge auslaufenden Wellen. Dann suchte er meinen Blick, forschend, ausdauernd, und fragte leise: Versöhnt, Hannah? Und da ich ihm nicht antwortete, wandte er sich an seinen Assistenten und an Nicole, die hinter uns saßen, und wartete auf ein Wort der Begeisterung. Da die beiden aber nur stumm dahockten, stumm und anscheinend betäubt vor Hitze, glaubte er sich selbst belobigen zu müssen. Seht ihr, sagte er, am Ende haben wir's gefunden und werden für alle Irrfahrten entschädigt, und er nickte zu dem kolorierten Schild hinüber. Das Schild bestätigte, daß dort unten, von bröckelnden grauen Felsen eingeschlossen, der »Club Delphin« zu finden war, eine Ansammlung von winzigen, strohgedeckten Bungalows, die nur einen knappen Schatten auf den Strand warfen.

Langsam fuhren wir die holprige Straße hinab, über kantiges Gestein, das den Wagen schlingern und ruckeln ließ; ich drehte das Fenster herunter und spürte sogleich den sanften Meerwind, spürte ihn als Wohltat auf meinem brennenden Gesicht. Ein schneller Blick in den Rückspiegel zeigte mir, daß Lammers immer noch Nicoles Hand hielt; auf ihren Gesichtern lagen weder Freude noch Erleichterung, alles, was sie preisgaben, war eine träge Besorgnis – vermutlich bedauerten sie wie ich, sich auf Gerolds Plan zu einem gemeinsamen Kurzurlaub eingelassen zu haben.

Vor einem weißlackierten Schlagbaum hielten wir, es war niemand zu sehen. Gerold stieg aus und tat, wozu eine Aufschrift in drei Sprachen aufforderte: er schlug eine Schiffsglocke an, die an einem metallenen Galgen baumelte, er schlug gleich mehrmals, als wolle er nicht allein unsere Ankunft signalisieren, sondern auch zu erkennen geben, daß wir frohgestimmte Leute waren, bereit, alles mitzumachen. Während ich dem feinen, ziehenden Schmerz nachlauschte, den der harte Glockenton in meinem Kopf auslöste, stellte Gerold sich vor ein wappenartiges Willkommensschild, das zwei Delphine im Sprung zeigte. Er winkte uns aus dem Wagen, er schlug vor, uns gegenseitig vor dem Schild zu photographieren, doch bevor Lammers noch den Apparat eingestellt hatte, erschien Emily. Emily war barfuß. Sie hatte sich eine Hibiskusblüte ins schwarze Haar gesteckt; ihr fettloser, trainierter Körper war tief gebräunt. Sie war lediglich mit einem lächerlichen Baströckchen bekleidet, das bei ihren Schritten leise raschelte; ihre kleinen, harten Brüste waren unter einem Stoff verborgen, der gewiß auch als Krawatte getragen wurde. Lächelnd hieß sie uns willkommen und stellte sich als Animateurin des »Clubs Delphin« vor, von der Clubleitung beauftragt, für Unterhaltung, Bewegung und Frohsinn zu sorgen. Dann stellte Gerold uns vor: mein Assistent Herr Dr. Lammers und seine Frau Nicole, meine Frau Hannah, Gerold Preising. Er hielt es für nötig, zu erwähnen, daß wir ausnahmslos voller Vorfreude seien. Emily nickte und ging uns voraus zum Büro, das in dem zentral gelegenen Bungalow eingerichtet war, ein runder, überraschend kühler Raum, in dem eine Hängematte aufgespannt war. Als ich eintrat, ließ sich ein blonder Bursche aus der Hängematte kippen, fing sich geschickt ab und legte das Buch, in dem er gelesen hatte, auf einen roten Transistor. Ich bin Maurice, sagte er und begrüßte uns mit Handschlag. Er trug eine lange weiße Leinenhose, sein Oberkörper war nackt. Er setzte sich an einen schmalen Tisch, auf dem einige

Ordner standen, und ließ sich von Gerold die Bestätigungsformulare und Quittungen reichen, die er nur flüchtig anschaute. Sie also sind der Professor, sagte er, wir haben Sie und Ihre Freunde bereits erwartet. Während er einen Ordner aufschlug und unsere Platzbestellung heraussuchte, klärte Emily uns freundlich darüber auf, daß hier niemand mit seinem Titel oder Nachnamen angesprochen werde, hier im Club sei einer des anderen Gefährte, man duze sich selbstverständlich und rede sich nur mit Vornamen an; dies gehöre zur Tradition des Clubs, es schaffe Nähe und steigere den Gemeinschaftssinn. Unwillkürlich mußte ich Lammers und Nicole anblicken; sie schienen nicht nur verblüfft, sondern auch betreten, anscheinend spürten sie bereits die gleichen Hemmungen, die mir zuzusetzen begannen. Ich war überzeugt, daß es mir nie gelingen würde, zu Nicole oder zu ihrem Mann du zu sagen. Nachdem wir die Formalitäten hinter uns gebracht hatten, wies Emily uns in die Örtlichkeit ein, zeigte uns den Speiseraum, die Süßwasserduschen, führte uns zu den windgeschützten Spielanlagen und brachte uns schließlich zu unserem Bungalow; wir bekamen Nr. 8, Lammers Nr. 9. Bevor sie uns verließ, bereitete sie uns darauf vor, daß das Abendessen gemeinsam eingenommen werde und daß sich bei dieser Gelegenheit Neuankömmlinge in einer kurzen Rede selbst vorstellten. Gerold tat, als freue er sich darauf. Eine unerträgliche Munterkeit erfüllte ihn, immer wieder breitete er die Arme gegen die Bucht aus, legte versonnen den Kopf schräg und seufzte albern und konnte sich nicht genug tun, diesen, wie er meinte, verwunschenen Platz zu loben. Als wir uns von Lammers und Nicole trennten, vermied er es, sie gleich mit ihrem Vornamen anzusprechen, er sagte lediglich: So, Kinder, dann bis später.

Ich setzte mich in einen Feldstuhl und überließ es Gerold, das Gepäck hereinzuschleppen. Mein Gesicht brannte, meine Füße brannten; ich spürte den Schweiß im Haaransatz und im Nacken und empfand ein leises Dröhnen im Kopf. Es schien mir unbegreiflich, daß ich mich zu dieser Fahrt hatte überreden lassen, zu diesem Kurzurlaub in einem Club, der Gerold angeblich von einem Kollegen empfohlen worden war. Meine Befürchtung, daß wir uns deplaciert vorkommen müßten, wurde bereits durch die Begegnung mit Emily und diesem Maurice bestätigt: durch ihre Höflichkeit allein gaben sie uns zu verstehen, daß sie uns nicht zu ihresgleichen zählten. Gerold entging nicht meine Verdrossenheit, meine Gereiztheit; jedesmal, wenn er ein Gepäckstück absetzte, nickte er mir aufmunternd zu, tätschelte meine Schulter und riet mir, die Gewohnheiten zu vergessen und hier einfach nur das Spiel mitzuspielen. Es ist doch alles nur befristet, sagte er, laß dich mal fallen, gib deine Vorbehalte auf, und du wirst überrascht sein, wieviel Spaß das macht.

Mit einer Eilfertigkeit, über die ich mich nur wundern konnte, wechselte er seine Kleidung, er hängte Hose und Windjacke auf einen Bügel, stand für einen Augenblick nackt vor mir und bat mich, ihm das grüne Polohemd herauszusuchen und die Shorts und die Sandalen. Ein Gefühl des Erbarmens mit seinem mageren, blassen Körper überkam mich, gleichzeitig aber mußte ich daran denken, daß dies der große Nordist war, der Runenforscher, der einen der bedeutendsten Kommentare zum »Codex runicus« geschrieben hatte: Gerold Preising, der vielzitierte Inhaber des Lehrstuhls für Nordistik. Ich konnte nicht anders, ich mußte ihn fragen: Warum, Gerold, warum hast du uns hierhergebracht? – worauf er in sachlichem Tonfall sagte: Ich habe Lammers und Nicole eingeladen, es ist eine Art Belohnung für seine Hilfsdienste, denn ohne ihn wäre die Arbeit über »Zauberrunen zum Schutz der Schiffe« noch nicht erschienen. Von seinem Assistentengehalt könnte er sich den »Club Delphin« nicht leisten. Bist du sicher, fragte ich, bist du ganz sicher, daß dies der einzige

Grund ist? Welchen Grund sollte es denn sonst noch geben? sagte er unwillig, bückte sich zu einem verschnürten Packen hinab und löste die Lederriemen. Was ist denn das? Eine Luftmatratze, sagte er; ich habe erfahren, daß man hier in Hängematten schläft, und darum habe ich nicht zuletzt für dich die Matratze gekauft, für alle Fälle; daß sie blaurot ist, wird dich wohl nicht stören. Sie hat übrigens vier Kammern und kann mit dem Mund aufgeblasen werden. Mußten es ausgerechnet diese Farben sein, fragte ich, und er darauf: Es war die letzte, die sie im Kaufhof hatten; Lammers hat eine in den schwedischen Farben. Man hat uns versichert, daß sie im Wasser einen erwachsenen Menschen tragen. Zum ersten Mal zeigte Gerold sich mir in Bermuda-Shorts, er schien sich selbst zu gefallen, er merkte nicht, wie verboten er aussah; in seiner Entschlossenheit, sich hier zünftig zu geben, öffnete er die Knöpfe seines Polohemds, die er gerade geschlossen hatte. Anscheinend erriet er, warum ich den Kopf schüttelte, denn er sagte: Was hast du? – so alt sind wir nun auch wieder nicht. Und ungeduldig forderte er mich auf, den eigelben Strandanzug anzuziehen, den er für mich ausgesucht hatte. Komm, Hannah, mach schon, steig endlich herab; ich sage dir etwas voraus, was du nicht für möglich hältst: die unschuldigen Freuden der Anpassung.

Auf einmal wurde eine Trommel geschlagen, die Trommel rief, sie warb und forderte, und als wir aus dem Bungalow traten, sahen wir Emily auf dem schimmernden Sandplatz; breit lächelnd hockte sie hinter zwei Bongo-Trommeln und winkte den Burschen und Mädchen zu, die sich lässig um sie versammelten. Gerold tastete nach meiner Hand und zog mich mit sich. Die Ruhezeit war vorüber, Emilys Unterhaltungsprogramm begann.

Es begann mit einem Rhythmus-Wettbewerb für Paare; der männliche Partner hatte die Trommel zu schlagen nach einem beliebigen Rhythmus, und die Mädchen hatten die Aufgabe, dem Rhythmus tänzerisch Ausdruck zu verleihen, barfuß, im weichen, warmen Sand. Wie rasch sich die Partner wählten; es verblüffte mich nicht, und ich war nur erleichtert, daß keiner der jungen Burschen auf den Gedanken kam, mich zu wählen. Ich traute meinen Augen nicht, doch die erste Tänzerin – sie war sommersprossig, aschblond – trug einen silbernen Skarabäus über dem Bauchnabel, den sie anscheinend so gut befestigt hatte, daß er beim Tanz nicht abfiel. Wir standen im Kreis und waren aufgefordert, nach jeder Darbietung Noten abzugeben, von eins bis sechs; daß Gerold, der sich wiegte, der so tat, als könne er dem Rhythmus nicht widerstehen, regelmäßig zu hohe Noten gab, überraschte mich nicht. Je länger dieser Rhythmus-Wettbewerb dauerte, je phantastischer die Tänze wurden und je unterhaltsamer die Stürze in den lockeren Sand sich ausnahmen, desto vergnügter wurde die Stimmung. Emily strahlte mit entblößtem Gebiß.

Dann aber erschienen mit erstaunlicher Verspätung Lammers und Nicole; er trug eine karierte Gymnastikhose und ein schlichtes Turnhemd, sie sehr knappe sandfarbene Shorts und eine rote Bluse, deren Enden sie vor dem Bauch propellerartig geknotet hatte. Nicht nur ich starrte sie an; alle wandten sich ihnen zu, vergaßen die Tänzerin, überhörten den Klang der Trommeln, verblüfft über Nicoles Erscheinung. Nie zuvor war sie mir so schön erschienen; es kam mir so vor, als hätte sie sich bei all unseren verflossenen Begegnungen mit adretter Biederkeit getarnt. Welch eine Verwandlung! Sie hatte ihr Haar, das sie sonst im Nacken gesammelt trug, gelöst und ließ es auf die Schultern hängen; auf ihrem Gesicht, das ich zwar als ebenmäßig, doch auch als unbeteiligt und schläfrig in Erinnerung hatte, lag ein Ausdruck von heiterer Gelassenheit. Ihr Mund war leicht geöffnet. Wenn es überhaupt eine Möglichkeit gab, auf dem knöcheltiefen Sand eine Anmut der Bewegung vorzuführen: Nicole gelang es.

Ich weiß nicht, wie es kam, doch bei ihrem Anblick fiel mir das Wort »Schilf« ein, und ich dachte: sie ist gewachsen wie ein Schilfrohr.

Plötzlich ergriff Gerold meinen Arm und sagte: Los, Hannah, jetzt schlage ich die Trommel für dich, komm schon. Ich widersetzte mich, ich sagte: Mach dich nicht lächerlich; doch er wollte unbedingt seinen Auftritt haben, und er ließ mich einfach stehen und steuerte auf Nicole zu und wählte sie als Partnerin. Nicole war verwirrt, sie zögerte in erkennbarer Verlegenheit; dann aber nickte ihr Lammers auffordernd zu, und sie trat in den Kreis und nahm den Rhythmus auf, den Gerold ihr stümperhaft vorgab. Was sie zum besten gab, riß keinen der Zuschauer hin, es war eine Art lyrischer Meditation, die sie tanzte, versonnen, mitunter sparsam lasziv; was allenfalls beeindruckte, waren ihre langen, von Sonnenöl glänzenden Beine; zu mehr forderte die Trommel sie nicht heraus. Und dann kam der Augenblick, in dem sie und Gerold sich anblickten, ich erkannte die verstohlene Freude in ihren Blicken und war plötzlich sicher, daß wir nicht allein deswegen im »Club Delphin« waren, weil Gerold seinen Assistenten für wissenschaftliche Hilfsdienste belohnen wollte. Die Noten, die sie für ihren Tanz bekamen, waren mäßig, von Höflichkeit oder Mitleid inspiriert. Ich hörte, wie Gerold sich bei Nicole bedankte und sie dabei bei ihrem Vornamen nannte; sie vermied es, ihn anzusprechen.

Gegen meinen Willen lud Gerold die beiden in unseren Bungalow ein, ihnen lag daran, ihre ersten Eindrücke und Erlebnisse auszutauschen – bei norwegischem Linien-Aquavit, den Lammers von seiner Reise nach Thorsbjerg mitgebracht und bis hierher geschleppt hatte. Wie leicht es Gerold fiel, die Regeln des Clubs anzuwenden und seinen Assistenten zu duzen, er sagte so selbstverständlich Ulf zu ihm, als hätte er es von jeher getan, doch wann immer er den Namen Ulf aussprach, hörte es sich so an, als müsse er aufstoßen. Nach dem zweiten Aquavit riskierte es auch Ulf, Gerold zu duzen, er tat es rasch und zur Seite wegsprechend; zu mir Hannah zu sagen, wagte er offenbar noch nicht. Nicole saß nur da in gewohnter Schweigsamkeit; man konnte annehmen, die vertrauliche Anrede bedeutete ihr nichts oder sie sei dazu nicht fähig. Diesen Eindruck machte sie auch beim gemeinsamen Abendessen im großen Bungalow.

Als wir zu viert den Speiseraum betraten, fühlte ich mich unter Wasser versetzt: ein grünliches, unterseeisches Licht herrschte, dekorative Netze hingen von der Decke herab, in denen Glaskugeln blinkten; getrocknete Seesterne und Muscheln und Langusten waren in das Netzwerk eingeknüpft und schwebten über unseren Köpfen. Emily wies uns unseren Tisch an, auf dem bereits zwei Karaffen Wein standen, außerdem eine Schale mit warmem Weißbrot. Ich kam nicht von einigen sehr jungen Clubmitgliedern los, die zum Abendessen Muschelketten auf nackter Haut trugen, einige hatten sich Möwenfedern ins Haar gesteckt, und ein stupsnasiges Mädchen hatte ein Netzhemd angelegt, in das stilisierte, träg treibende Feuerquallen eingewirkt waren. Der Clubtradition entsprechend wurde Gerold gebeten, sich vorzustellen; schon als er sich erhob, wußte ich, daß ich einen Grund haben würde, zu leiden. In seiner Rede, die er für launig hielt, spielte er darauf an, daß sein Name Gerold etwa so alt sei wie die Dinge, mit denen er sich beruflich beschäftigte; ursprünglich, meinte er, habe man diese Dinge – hölzerne Stäbchen – zu Weissagung und Zauber gebraucht, wozu man seinen Namen nun freilich nicht verwenden könne. Dennoch, erklärte er, will beides gedeutet werden; Deutung bringt uns auf die Lebensspur. Und da man ihm zulächelte und er einmal am Zuge war, stellte er dann auch gleich uns vor, nannte unsere Vornamen, erwähnte, daß wir mehr oder weniger vom gleichen Metier abhängig seien, und setzte sich unter dürftigem Beifall. Er sah uns nacheinander an. Er wollte wissen, was wir von seiner knappen Rede hielten. Nun, Hannah? Ich sagte: Anscheinend kannst du den Runenforscher nicht verleugnen. Aber, sagte Ulf, das war typisch Gerold. Nicole mußte offensichtlich nachdenken, und nach einer Weile flüsterte sie: Mir hat es gefallen. Sie sprach auf den Tisch hinab, bemüht, Gerolds Blick auszuweichen.

Zum Essen gab es gegrillte Sardinen, danach Perlhuhn mit Gemüse und als Dessert verschiedene Käsesorten. Das Essen und der Wein versöhnten mich notdürftig mit dem Ort, und nachdem mir Gerold einmal zwinkernd zugetrunken hatte, sprach ich Ulf mit seinem Vornamen an. Er schaute mich dankbar an und sagte: Ob du's glaubst oder nicht, Hannah, aber du hast dich bereits in diesen wenigen Stunden erholt. Das stellte auch Emily fest, die sich für kurze Zeit an unseren Tisch setzte; sie stieß mit uns an und lobte Gerold für seine spontane Bereitschaft, am Rhythmus-Wettbewerb teilzunehmen, und sie lobte auch Nicole für ihre Darbietung. Sie sagte: Wer sich hier ausschließt, ist zu bedauern, der kommt nie auf seine Kosten. Selbstzufrieden bereitete sie uns darauf vor, daß sie sich für die Dunkelheit noch ein besonderes Programm habe einfallen lassen, eine von ihr so genannte Fackel-Polonaise unten am Strand, die bisher nur mit Beifall aufgenommen worden war. Sie lud uns ein, daran teilzunehmen, herzlich, wie sie ausdrücklich betonte. Bevor ich noch auf unsere Müdigkeit hingewiesen hatte, gab Gerold schon zu verstehen, wie sehr er sich auf die Fackel-Polonaise freue. An Nicole gewandt, sagte er: So etwas lassen wir uns doch nicht entgehen, oder? Nicole blickte mich unsicher an und sagte leise: Ist es schlimm, aber ich habe noch nie davon gehört.

Es herrschte eine zaghafte Dunkelheit, als wir uns, nur mit Badezeug bekleidet, unten am Strand einfanden. Die Luft war warm. Die Wellen kippten nicht, leckten nur sanft über den Strand, gerade so, als habe das Meer sich erschöpft. Aggressive Insekten hatten es anscheinend mehr auf mich als auf die anderen abgesehen, und ich war froh – und fühlte mich verschont –, als Emily und Maurice handliche Magnesiumfackeln verteilten. Chopins Polonaise erklang vom Band, vergnügt formierten wir uns zur Schlange, eine Hand auf dem Rücken des Vordermanns; Emily führte den schwankenden Zug unter sprühendem Licht an. Ein Stück ging es nur den Strand hinab, dann leitete Emily uns ins Wasser, knöcheltief, schließlich brusttief. Der Widerschein der Fackeln machte, daß wir durch ein einziges Glitzern wogten. Je tiefer wir ins Meer hineingingen, desto schwerer wurde Lammers' Hand auf meiner Schulter. Der Auftrieb nahm uns den sicheren Stand, ließ uns nur tänzeln über Grund; nicht alle konnten das Gleichgewicht halten, sie taumelten, tauchten ein im brusttiefen Wasser, schreckhaft, jauchzend, aber auch dabei bemüht, die Fackel hochzuhalten.

Auch mir ging es so: plötzlich schwebte ich auf und fiel zur Seite und riß die Fackel mit, die zischend im Wasser erlosch, und noch bevor ich Grund fand, fühlte ich, wie zwei Arme mich umklammerten und hochzogen. Lammers umklammerte meine Hüften, offenbar hatte er seine Fackel versenkt, um mich zu retten. Nachdem es ihm gelungen war, mich aufzurichten, hielt er mich immer noch fest, drückte mich an sich und sagte mit einem nicht sonderlich intelligenten Gesichtsausdruck: Entschuldigen Sie, Frau Professor, ich wollte Sie nur retten. Ist schon gut, sagte ich und ließ ihm meine Fingerspitzen; so führte er mich zum Strand zurück.

Am Strand saß Nicole und hielt sich den Fuß; sie behauptete, auf einen Seeigel getreten zu sein. Neben ihr kniete Gerold, ratlos, ohne zu wissen, welche Art von Erster Hilfe er ihr leisten könnte. Er befühlte ihren Fuß, er starrte ihn an, vielleicht erwog er, die Wunde auszusaugen. Als Nicole den Wunsch äußerte, zu ihrem Bungalow zurückzukehren, bot Gerold sich sogleich an, sie zu stützen, doch sie zögerte, sie blickte auf Lammers, und der reichte ihr die Hand und zog sie hoch. Für uns war diese Fackel-Polonaise zu Ende. Gemeinsam strebten wir unseren Bungalows zu, wir verabschiedeten uns nach deutscher Art mit Handschlag zur Nacht, und diesmal nannten wir alle einander beim Vornamen – nur Nicole brachte es nicht fertig, zu Gerold Gerold zu sagen. Unter der Bogenlampe erkannte ich, daß ein Zug von Bedauern über ihr Gesicht glitt, als sie ihm die Hand gab und lediglich sagte: Eine angenehme Nacht.

Wir lagen bereits in unseren Hängematten – vom Strand her kamen immer noch Rufe, hörten wir Freudenschreie und vorgegebene Hilferufe –, und ich konnte nicht einschlafen, ich mußte an Nicole denken, an ihre unerwartete Erscheinung, ihre plötzliche Schönheit. Ich fragte Gerold: Warst du nicht auch überrascht? Wovon? fragte er brummig. Von Nicole, sagte ich, hast du nicht bemerkt, welchen Eindruck sie gemacht hat, selbst die Mädchen starrten sie ungläubig an; falls Emily auf die Idee käme, hier zu allem Überfluß auch noch einen Schönheitswettbewerb zu veranstalten, würde Nicole bestimmt zur Königin gewählt werden. Gerold schwieg eine Weile, dann sagte er: Mir ist das nicht aufgegangen;

sie ist nett, sie macht alles mit, und es scheint ihr Spaß zu machen.

Am nächsten Morgen jedoch – nein, es war schon später Vormittag, als Nicole aus ihrem Bungalow kam – konnte sie sich an den Wettkämpfen, die einige für fröhlich hielten, nicht beteiligen: ihr Fuß schmerzte noch. Sie schaute nur beim Reiterkampf und bei diesem einfallslosen Sackhüpfen in Papiersäcken zu, nicht teilnahmsvoll, sondern mit ihrer eigenen Nachdenklichkeit. Ich konnte nicht erkennen, ob sie sich darüber freute, daß das Mädchen, das Lammers auf seinen Schultern trug, die Rivalinnen von ihren Untermännern stieß oder zerrte; auch als Gerold beim Sackhüpfen stürzte – er war hoffnungslos abgeschlagen, brauchte sich nicht anzustrengen und stürzte dennoch –, verzog sie keine Miene. Nur als Maurice zu ihr trat, sich auf alle viere niederließ und Nicole aufforderte, sich auf seinen Rücken zu setzen, lächelte sie und nahm sein Angebot für einen Augenblick an.

Zum entscheidenden, originären, noch nie ausgeführten Wettkampf rief Emily die Clubmitglieder für den Nachmittag zusammen. Es war allein ihre Idee, der spontane Einfall einer souveränen Animateurin. Zufällig war sie vorbeigekommen, als Gerold dabei war, seine vierkammerige Luftmatratze aufzublasen, sie sah ihm zu, grübelnd, erwägend: schon war ihre professionelle Imagination tätig und erfand zu Kurzweil und Vergnügen einen neuen Wettbewerb. Sieben Mitglieder des Clubs hatten vierkammerige Luftmatratzen mitgebracht. Emily konnte sie rasch davon überzeugen, daß sie in einer noch unbekannten Disziplin starten müßten, in der es galt, alle vier Kammern so schnell wie möglich mit Atemluft zu füllen; als Siegesprämie wurde eine Zwei-Liter-Champagnerflasche ausgesetzt. Selbstverständlich konnte ich Gerold nicht davon zurückhalten, sich an diesem lächerlichen Blasebalg-Unternehmen zu beteiligen.

Es geschah am Strand. Als erster schleppte Gerold seine rotblaue Luftmatratze an, dann kamen die anderen Teilnehmer, unter ihnen ein zartes Mädchen mit einer so zirpenden Stimme, daß man es für eine menschgewordene Grille halten konnte. Die sogenannten Wettkämpfer gingen auf die Knie, nahmen das Mundstück zwischen die Lippen und starrten auf Emily, die gleichzeitig mit dem Zeichen zum Beginn ihr Bandgerät einschaltete. Zum Bolero von Ravel fing das große Pusten und Blasen an. Es wunderte mich, auf welch unterschiedliche Weise die einzelnen Teilnehmer ihr Gerät aufzublasen suchten; einige, darunter die Grillenstimme, versuchten es mit eiligen, kurzen Stößen; hastig saugten sie die Luft ein und preßten sie unter rhythmischem Schnaufen in die Mundstücke; andere füllten mit mächtigen, langsamen Atemzügen ihre Lungen, schlossen die Augen und gaben das ganze Volumen restlos an die Kammer ab. Backen blähten sich auf, Stirnadern schwollen. Ein Mann ließ sich verleiten, im Rhythmus des Boleros zu blasen, gab es jedoch bald wieder auf. Daß Gerold sich so gut hielt und zugleich mit drei, vier anderen die erste Kammer aufgeblasen hatte, erstaunte mich; bei seiner Schmalbrüstigkeit hätte man eher vermuten können, daß er von Anfang an abfallen müßte. Mit zügigen, gleichmäßigen Pumpbewegungen machte er wett, was ihm an natürlichem Volumen fehlte. Er streifte die Sandalen ab. Sein grünes Polohemd rutschte aus den Bermuda-Shorts, gab einen Streifen seines blassen Körpers frei. Im Unterschied zu anderen Wettkämpfern hielt er die Augen nicht geschlossen, sondern beobachtete seine Kontrahenten, ruhig und wachsam wie ein Läufer, der, seiner Überlegenheit gewiß, sich nach seinen Rivalen umschaut. Die Zuschauer, die sich freimütig zu ihren Favoriten bekannten, wurden lebhafter, wurden lauter, sie riefen Namen, spornten an, flüsterten den Wettkämpfern belebende Losungen ins Ohr. Einen verwirrenden Eindruck machte Lammers: er kniete nicht, sondern hockte auf dem Sand, und er schien weniger zu blasen, als am Mundstück zu nuckeln; dennoch gewann seine gelbblaue Matratze an Prallheit. Er blickte nicht ein einziges Mal auf seine Mitstreiter, er blickte auf die Knie von Nicole, die vor ihm stand. Ein feister Bursche – Goldkette am Hals, Goldkettchen am Handgelenk – gab als erster auf, nach ihm ein Mädchen, das sich mit erhitztem Gesicht aufrichtete, die Augen verdrehte und einen hoch angesetzten Schrei ausstieß, bevor es sich auf den Rücken fallen ließ. Da hatten Gerold und Lammers bereits die zweite Kammer aufgepumpt; je länger sie bliesen, desto stierender wurde ihr Blick, die Atemzüge wurden bei allen kürzer, kraftloser, schon legten sie kurze Pausen ein, in denen sie ihre Lippen beleckten und den Schweiß vom Gesicht wischten. Eine seltsame Reaktion löste der Wettkampf bei einem verbissenen Athleten aus; der sprang plötzlich auf, preßte die Hände an die Ohren und stürzte ins Wasser; wie er später erzählte, konnte er das Gewummer in seinem Kopf nicht mehr ertragen. Für jeden, der ein Auge für Technik und Ausdauer hatte, zeichnete es sich ab, daß der Sieg zwischen Gerold und Lammers ermittelt werden würde; sie nahmen bereits das vierte Mundstück zwischen die Lippen, während die anderen noch die dritte Kammer schwellen ließen.

Ich sah Gerold im Profil, und plötzlich wußte ich, woran er mich erinnerte: es war der Buchstabe M im jüngeren nordischen Runenalphabet – der vertikale Strich, die beiden weggestreckten Arme. Er verschnaufte nur ein paar Sekunden und setzte gleich wieder, heftig nickend, seine Blasarbeit fort, wobei er einmal besorgt zu Lammers hinüberlinste. Plötzlich fiel er aufs Gesicht. Seine Hand löste sich vom Mundstück. Die Füße scharrten schwach im Sand und lagen dann still. Emily und Maurice waren schon neben ihm und drehten ihn um und beugten sich über sein verzerrtes Gesicht. Auch ich beugte mich über ihn, strich ihm über die Stirn und rief ihn leise an, doch er reagierte nicht. Wir müssen ihn ins Krankenzimmer bringen, entschied Maurice, und mehr für sich sagte er: Hoffentlich ist keine Kopfader geplatzt. Er lief fort, um die Trage zu holen.

Auf einmal war ein Schatten neben mir, ich spürte eine heftige Berührung und wußte, ohne hinzusehen, daß es Nicole war, die sich auf die Knie fallen ließ. Mit einem Schluchzer beugte sie sich tief über Gerold, nahm sein Gesicht in beide Hände und küßte ihn auf Stirn und Wangen, wobei sie, angsterfüllt, einige Worte murmelte, Kummerworte, Beschwörungsworte. Ich verstand die Worte nicht, doch daß sie immer wieder seinen Namen nannte, das hörte ich heraus. Ihre Verzweiflung war aufrichtig, anscheinend wollte oder konnte sie sich nicht von Gerold lösen. Die Zuschauer waren betreten, sie blickten mich an, sie erwarteten etwas von mir, und während ich noch überlegte, was mir zu tun blieb, trat Lammers heran. Bestürzt sah er einen Augenblick auf Gerold hinab, dann hob er Nicole auf, sachte, fürsorglich, legte einen Arm um ihre Hüfte und ließ es zu, daß sie ihren Kopf an seine Schulter lehnte. Als er sie wegführen wollte, zauderte sie zunächst, doch nachdem er ihr etwas zugeflüstert hatte, willigte sie ein und ging wie benommen mit ihm.

Ich ging hinter der Trage, auf der Maurice und ein bärtiges Clubmitglied Gerold ins Krankenzimmer trugen, das, im Verwaltungsbungalow gelegen, anscheinend noch nie benutzt worden war. Sie betteten Gerold auf eine Pritsche. Leise beratschlagten sie, welchen Arzt sie telephonisch herbeirufen sollten – ich hatte den Eindruck, daß sie zu beiden Ärzten, die in Frage kamen, kein sonderliches Vertrauen hatten. Um sich zu versichern und einig zu werden, gingen sie ins Büro und ließen Gerold und mich allein. Gerold atmete regelmäßig; ich legte ihm eine Hand auf die Stirn und massierte leicht seine Schläfen, so, wie ich es manchmal getan hatte, wenn er von seinen Nordlandreisen erschöpft und mit Kopfschmerzen heimgekehrt war. Und nach einer Weile bewegte er mümmelnd die Lippen und sagte mit geschlossenen Augen: Danke, Hannah, es geht schon wieder, es wird wohl ein Schwächeanfall gewesen sein. Ich gab die Nachricht gleich an Maurice und seinen Helfer weiter, und als ich ins Krankenzimmer zurückkam, saß Gerold bereits auf der Pritsche. Ich überredete ihn dazu, sich wieder auszustrecken, und blieb bei ihm sitzen und half ihm später, ein Erfrischungsgetränk zu sich zu nehmen. Zu reden hielten wir beide nicht für nötig, zumindest so lange nicht, wie wir allein in dem Krankenzimmer waren. Als Maurice und ich ihn zu unserem Bungalow führten, zitterte er noch ein wenig, doch er erwiderte bereits mit lascher Hand die Grüße zweier Kontrahenten, die er beim Aufblas-Wettbewerb weit hinter sich gelassen hatte. Vor dem Bungalow, den Lammers und Nicole bezogen hatten, blieb er stehen; er lächelte bekümmert, und er schien nicht überrascht, als Maurice ihm mitteilte, daß die Freunde, wie er sagte, abgereist seien; ein Taxi habe sie abgeholt. Gut, gut, sagte Gerold nur, gut, gut, und dann wandte er sich an mich und murmelte: Er hat kein gutes Spiel gespielt, Hannah, ich werde mich von meinem Assistenten trennen.

Vor unserem Bungalow lag die rotblaue Luftmatratze, die irgend jemand hierhergeschleppt hatte; drei Kammern waren vollends, die vierte nur zur Hälfte aufgeblasen. In der Stille der Siesta, als fast alle Clubmitglieder in ihren Hängematten ruhten, setzte ich mich in den Sand, zog die Matratze heran und stach das Messer in den seitlichen Wulst und wunderte mich, wie leicht und entschieden die Klinge hineinfuhr. Ich zog die Klinge wieder heraus und lauschte auf das gleichbleibende, dann immer schwächer werdende Zischgeräusch, mit dem Gerolds in den Kammern gefangener Atem entwich. Zuletzt, als alle Luft raus war, als die Haut der Matratze nur flach und schrumpelig vor mir lag, vergrub ich das Messer tief im Sand.

1994

Nachwort

Siegfried Lenz hatte von allem Anfang an einen fulminanten Auftritt als Schriftsteller: *Es waren Habichte in der Luft* (1951) verschaffte dem jungen Autor Anerkennung der Kritik und anhaltende Sympathie der Leser. Was folgte, ist bekannt: Große Romane wie *Deutschstunde* (1968), *Heimatmuseum* (1978) oder *Die Auflehnung* (1994), später dann die *Schweigeminute* (2008) und *Landesbühne* (2009), mit denen Lenz eine ganz eigene Form novellenhafter Kurzromane etablierte und auch international großen Erfolg hat. Erzählbände wie *So zärtlich war Suleyken* (1955), *Lehmanns Erzählungen* (1964) und *Der Geist der Mirabelle* (1975) weisen den Autor aber auch als Meister der »kleinen Form« aus und gehören zu seinen bekanntesten Veröffentlichungen.

Erzählen heißt für Siegfried Lenz, leben zu lernen: »Mir klar zu werden über dieses unglaubliche Dickicht des Lebens.« Erzählen empfindet der Schriftsteller als Möglichkeit, sich über die Dinge bewusst zu werden, deren Oberfläche zu durchbrechen und in ihr Inneres vorzudringen. Dabei geht es ihm nicht nur um eine literarische Auseinandersetzung mit dem Leben, vielmehr dient seine Arbeit der Selbsterkenntnis. Denn obwohl Siegfried Lenz sich auf beeindruckende Weise der Kunst der ›Selbstversetzung‹ verschrieben hat, sagt er eben auch: »Es gibt keine Möglichkeit, von sich selbst abzusehen. Was immer du schreibst, du gibst etwas von dir selbst preis.« Figuren erwachen zum Leben »erst in dem Augenblick, in dem sich ihr Schicksal mit meiner Trauer oder Sehnsucht, mit meiner eigenen Erfahrung und meinen Einsichten deckt«.

Einige Erzählungen handeln vom Augenblick der Wahrheit, der das Leben der Protagonisten verändert, sie entweder zu einer Entscheidung zwingt oder ihnen das Dilemma ihrer Existenz vor Augen führt. In nahezu klassischer Weise konstruiert Siegfried Lenz schicksalhafte Situationen, in denen seine Figuren sich bewähren müssen oder ihr wahres Gesicht zutage tritt. »Als alter Schriftsteller kommt man nicht umhin, sich zu erinnern. Ich stelle mir vor: Was wäre, wenn? ... Wenn du dich noch einmal entscheiden müsstest? Ich habe das in einigen Erzählungen darzustellen versucht. Man weiß: Wozu auch immer du dich entscheidest, ein Ungenügen wird immer zurückbleiben. Und dennoch musst du es tun. Das ist es, was mich interessiert: der Mensch in Entscheidungskrisen.«

Lenz' Erzählungen sind thematisch vielschichtig und belegen meisterhaften Umgang mit erzählerischen Stilmitteln. Angesiedelt an den vermeintlich »kleinen« Orten dieser Welt changieren die Geschichten zwischen Humor, Satire, Groteske und großer Tragödie.

Nach *Der Anfang von etwas* (2009) liegt nun eine zweite Zusammenstellung meisterhafter Erzählungen vor, die das große Können dieses bedeutenden Autors zeigt. Spielerischer Umgang mit exotischer Fremdheit wechselt mit scharfsinnigen, manchmal abgründigen Psychogrammen und Beziehungsgeschichten mit verblüffendem Ausgang. Sie allesamt zeigen: Siegfried Lenz ist einer der großen deutschen Geschichtenerzähler.

Günter Berg

Nachweise

Die Texte folgen dem Band: Siegfried Lenz, *Die Erzählungen*, mit einem Geleitwort von Marcel Reich-Ranicki. Diese erste vollständige Sammlung der Erzählungen des Autors erschien zuerst 2006 aus Anlaß seines achtzigsten Geburtstags bei Hoffmann und Campe, Hamburg.

– Die Flut ist pünktlich, 1953: *Die Erzählungen*, S. 151–156
– Die Lampen der Eskimos, 1959: *Die Erzählungen*, S. 558–564
– Der Amüsierdoktor, 1960: *Die Erzählungen*, S. 670–675
– Das Gelächter des Kukkaburra, 1968: *Die Erzählungen*, S. 968–973
– Herr und Frau S. in Erwartung ihrer Gäste, 1969: *Die Erzählungen*, S. 1008–1024
– Meine Straße, 1973: *Die Erzählungen*, S. 1024–1033
– Atemübung, 1994: *Die Erzählungen*, S. 1459–1471

Zum Autor

Siegfried Lenz, 1926 im ostpreußischen Lyck geboren und 2014 in Hamburg gestorben, zählt zu den bedeutendsten und meistgelesenen Schriftstellern der Nachkriegs- und Gegenwartsliteratur. Für seine Bücher wurde er mit vielen wichtigen Preisen ausgezeichnet, unter anderem mit dem Goethepreis der Stadt Frankfurt am Main, dem Friedenspreis des Deutschen Buchhandels und mit dem Lew-Kopelew-Preis für Frieden und Menschenrechte 2009. Seit 1951 veröffentlicht er alle seine Romane, Erzählungen, Essays und Bühnenwerke im Hoffmann und Campe Verlag.